IUNONA GURULI

Wenn es nur Licht gäbe, bevor es dunkel wird

btb

Sollte diese Publikation Links und Webseiten Dritter enthalten, so übernehmen wir für den Inhalt keine Haftung, da wir uns diese nicht zu eigen machen, sondern lediglich auf deren Stand zum Zeitpunkt der Erstveröffentlichung verweisen.

Die Erzählungen basieren zum Teil auf Texten, die 2015 unter dem Titel »Diagnose« im Verlag Saunje, Tbilissi erschienen sind.

MIX
Papier aus verantwortungsvollen Quellen
FSC® C014889

Verlagsgruppe Random House FSC® N001967

1. Auflage

Neumarkter Straße 28, 81673 München
Umschlaggestaltung: semper smile, München
Umschlagmotiv: © Getty Images/Gabrielle Therin-Weise
Satz: Uhl + Massopust, Aalen
Druck und Einband: Friedrich Pustet, Regensburg
Printed in Germany
ISBN 978-3-442-75799-2

www.btb-verlag.de
www.facebook.com/btbverlag

Für meinen Sohn Nicolai,
den besten Menschen, den ich kenne

KLEINANZEIGEN

BIETE

28 Jahre alte, aber gut erhaltene grüne Augen, verschimmelte Träume und gebrochenes Herz mit interessantem Inhalt. Preis: Verhandlungsbasis.

GEBURTSANZEIGE

Ein hässlicher Gedanke im Kopf eines bekannten Geschäftsmannes hat heute das Licht der Welt erblickt. Wir gratulieren im Namen der ganzen Belegschaft und wünschen dem Neugeborenen ein langes und erfülltes Leben.

VERSTORBEN

Die Güte. Wegen Überfüllung der städtischen Friedhöfe wird die Beerdigung in aller Stille auf dem Dorffriedhof stattfinden.

BIETE

Pflege von altem Kummer, nicht bettlägerig. Werde mit ihm spazieren gehen, für ihn kochen, ihm aus der Zeitung vorlesen. Bei Bedarf auch Nachtschichten.

GEFUNDEN

Wahrscheinlich vor die Tür gesetzter oder entlaufener Zweifel mit Leine. Da ich sehr viele eigene Zweifel besitze, die ihn attackieren, kann ich ihn nicht lange bei mir aufnehmen. Suche dringend neues Frauchen/Herrchen, auch zeitweise Betreuung möglich.

VERMIETE
Gehirnzellen an begabte Künstler. Das Urheberrecht an den während der Vermietung geschaffenen Werken gehört zur Hälfte mir. Bitte keine Pseudolyriker mit langen, zotteligen und ungewaschenen Haaren!

SUCHE
Unterricht in Gleichgültigkeit. Mit Drogenabhängigen und Säufern hatte ich keinen Erfolg, deshalb suche ich andere, anspruchsvollere Lehrer.

KAUFE
Die Möglichkeit, zweimal in denselben Fluss zu steigen.

TAUSCHE
Ruhige, gemütliche und sonnige Zwei-Zimmer-Einsamkeit gegen Ein-Zimmer-Zweisamkeit, auch mit niedriger Decke.

ZU VERSCHENKEN
Völlig zerstörtes Nervensystem, vernarbte Arme und unendliche Ambitionen.

VERSCHIEDENES

Ich lasse die Entschuldigungen fallen, im Bedarfsfall die Klamotten sowie alle Hemmungen.

Der Tanz der Wölfe

◆

Nach dem Streit sitzt das Mädchen in der Küche, haucht an die Fensterscheibe und malt mit dem Zeigefinger einen Wolf darauf.

Ihre Mutter ist manchmal so zickig. Gio, der Hosenscheißer, hat schon wieder ins Bett gemacht, immer nur Gio, immer kümmert sie sich nur um ihn.

»Jetzt stell dich nicht so an, du bist doch ein großes Mädchen«, sagt die Mutter hinter ihr und bringt ihr eine dampfende Tasse Tee. »Aber was erwarte ich eigentlich von dir, dein Papa ist daran schuld, dass du so ein Tututsi bist.«

Als das Mädchen das hört, tanzen Hunderte Fünkchen in ihren Augen.

»Weißt du eigentlich, wer Tututsi waren?«, fragt sie die Mutter, während sie sich zu ihr dreht.

»Nein, wer?«

»Früher hatten die Könige Diener, die nur dazu da waren, sie zu kratzen, wenn es sie irgendwo juckte.« Sie bekommt einen so heftigen Lachanfall, dass sie die Teetasse beinahe vom Tisch stößt.

»Pass auf! Verbrenn dich nicht, du verrücktes Huhn!«, ruft die Mutter. Auch sie muss lachen.

»Mam.« Das Mädchen hält sie am Bademantel fest und lächelt sie von unten an wie ein Welpe. »Bis der Tee abkühlt, willst du mein Tututsi sein und mir den Rücken kraulen?«

»Wann wirst du eigentlich endlich erwachsen?«, fragt die Mutter, legt die angenehm kühlen Hände auf den kleinen, schmalen Rücken und fängt an, ihn langsam zu streicheln.

Das Mädchen seufzt mit geschlossenen Augen. »Papa sagt, Sonnenmädchen werden überhaupt nicht erwachsen.«

»Anscheinend nicht nur Sonnenmädchen, auch deren Väter scheinen weder erwachsen noch vernünftig zu werden«, lacht die Mutter. Dann küsst sie die weizenfarbenen Haare ihres Mädchens und geht zum Kinderbett. »Jetzt müssen wir uns erst einmal um Gio kümmern, das Kraulen kann warten.«

»Hoffentlich kommt Papa bald zurück«, sagt das Mädchen leise, trinkt den Tee und schaut durch den Wolf auf die Straße.

Alles verdoppelt sich. Dann verdreifacht, vervierfacht es sich. Auf der Theke schimmern die Gläser in allen Farben, Rauch, der sich überall ausbreitet, hängt schwer unter der feuchten Decke, der dreckige Fußboden ist voller alter Kippenreste; lachende Fratzen, schwingende, schweißige Arme, kleine und große Discokugeln, die ihre Umwelt in tausend glitzernde Scherben zerbrechen, um sie in der Luft zu zerstreuen.

Sie taumelt zur Wand, lehnt sich dagegen und versucht, den Beats, die ihren Körper von außen treffen, zu folgen, Ordnung in den durcheinandergeratenen Herzschlag in ihrer Brust zu bringen. Sie muss raus aus den Lichtern, die ihr in die Augäpfel schneiden, weil ihre Lider zu langsam sind, um sie zu schützen. Ihr wird immer schwindliger, sie muss würgen und kommt sich vor wie ein Sandkörnchen, das jede Sekunde von einer riesigen Welle weggespült werden könnte. Sie fühlt sich elend und verloren, blickt sich suchend um.

Wo sind sie denn? Wieso bin ich auf diese beschissene Wette eingestiegen? Sie sind einfach gegangen ...

Auf einmal haben sich alle um sie herum in zweibeinige, verschieden große Wölfe verwandelt, deren Glieder in rhythmischen Bewegungen zucken. Nur mit Mühe findet sie durch die verschmolzene graue Masse den Weg Richtung Ausgang.

Als ihr schließlich ein riesiger Wolf die Tür aufmacht, stürzt sie hinaus ins Freie. Das vom Schweiß durchtränkte T-Shirt klebt ihr am Körper, im Mund schmeckt sie saure Kotze. Auch das Haar ist nass und klebt ihr im

Gesicht. Sie lehnt die halbnackte Schulter an eine eiskalte Mauer, ihr Körper windet sich, lässt nicht locker. Sie ringt um Luft, der Krampf entzieht ihr alle Kräfte. Als sie sich endlich aufrichten kann, spürt sie, wie die Wirkung des Alkohols noch immer stärker wird. Ihre Augen suchen nach Halt, irren herum, finden nichts. Das ehemalige Industriegebiet ist nachts noch trister, dunkler, bedrohlicher als tagsüber. Nur hier und da scheinen die schwachen gelblichen Lichter der Straßenlaternen.

Ich bin eine von ihnen, ich bin auch eine Wölfin. Der Gedanke schneidet ihr durch den Kopf, und sofort zwingt sie den verschwommenen Blick auf das verdreckte Spiegelbild in der Fensterscheibe, neben der sie steht. Ein Mädchen schaut zurück; Jeans, weißes T-Shirt, ängstliche Augen. Sie sieht so klein aus, denkt sie.

Die Jacke! Auf einmal erinnert sich der summende Bienenstock in ihrem Kopf, und sie zittert, spürt die Kälte der Nacht. Soll sie zurück, wieder runter in das feuchte, dreckige Loch? Aber dort sind die Wölfe. Sie weiß nicht mal, wo sie die Jacke hingeworfen hat.

Wie aus dem Nichts hält ein Taxi direkt vor ihr, endlich kehrt Wärme in ihren Körper zurück. Als sie gerade in das Auto gekrochen ist, fällt ihr das Geld ein, das noch in der Jackentasche ist.

»Fick dich!«, sagt sie viel zu laut.

»Was? Bist du nicht ganz dicht? Raus aus dem Wagen, aber dalli!«

Erst jetzt bemerkt sie, dass auch am Steuer ein Wolf sitzt, ergraut und gebrochen. Auf dem Kopf hat er ein kariertes Basecap.

»Nein, dich habe ich nicht gemeint. Mein Geld, ich habe es im Klub vergessen.«

»Dann mach, dass du rauskommst, los! Ich bin doch nicht vom Roten Kreuz!« Der alte Wolf hat sich umgedreht und schaut das Mädchen direkt an, dann dreht er sich wieder nach vorne und spuckt verärgert aus dem offenen Fenster.

»Dann fick dich doch einfach wirklich!«

Sie knallt die Tür mit voller Wucht zu, und als sie hört, wie der graue Wolf bedrohlich schimpfend aus dem Wagen steigt, läuft sie mit unsicheren, aber schnellen Schritten in Richtung des nahe gelegenen Parks.

Die Lichter der Straßenlaternen werden schwächer, schon nach wenigen Schritten wird es dunkler, es dauert, ehe ihre Augen die Umrisse der dichten Baumkronen vom Himmel unterscheiden können. Sie riecht die frische, kühle Luft und geht weiter, taucht in tiefe Dunkelheit ein. Auf einmal hört sie jaulendes Lachen hinter sich, dann das Aufheulen eines Autos. Sie geht schneller. Verdammt, das ist gar kein Park, das ist ein richtiger Wald.

Wieso bin ich nicht zur Autobahn gelaufen? Sie zittert. Erst jetzt bemerkt sie, dass es nieselt. Sie schleppt sich zwischen den tropfenden Bäumen dahin. Das feuchte Gras durchnässt die Ränder ihrer etwas zu langen Jeans. Sie geht mit hochgezogenen Schultern. Sie friert.

Da sind Laufschritte hinter ihr, sie wird unbedacht langsamer. Es sind mehrere, ein Schauder läuft ihr über den Rücken. Innerhalb von Sekunden ist sie nüchtern und spürt nichts, weder Regen noch Kälte, nur ihren Herzschlag. Sie verwandelt sich in einen pulsierenden Nerv, in ihren Ohren klingt ein Geräusch wie von einer falsch aufgezogenen Saite. Vor sich, vom plötzlich hinter den Wipfeln hervorgetretenen Mond beschienen, taucht eine kleine Kreuzung aus dem Dunkel auf. Wenn du nach links gehst, stirbst du. Wenn du nach rechts gehst, stirbst du. Wenn du geradeaus gehst, überlebst du. Sie erinnert sich an das Märchen, das ihr der Vater immer vorgelesen hat.

Nur für einen Augenblick verlangsamt sie die durcheinandergeratenen Schritte noch einmal, dann biegt sie nach links ab. Die Geräusche hinter ihr werden lauter. Tiergestank kommt näher, die Stimme eines Betrunkenen fragt:

»Wohin des Weges, Mädchen?«, und auf ihre vor Kälte und Angst gespannte Schulter legt sich die Pfote eines noch jungen Wolfes.

Mechanisch bewegt sie die Schulter, versucht, ihn abzuschütteln und sich mit geschlossenen Augen an die Stimme des Vaters zu erinnern. So lief Rotkäppchen durch den Wald, als plötzlich ein Wolf aus dem Gebüsch sprang.

»Ich rede mit dir, Göre, wo glotzt du hin?« Er lässt nicht locker. Die Pfote verwandelt sich in einen kalten, glatten Fisch und dreht das Mädchen grob nach hinten. Dann schlägt ihr der nasse Fischschwanz schmerzhaft ins Gesicht. Das Mädchen öffnet die schweren Augenlider und sieht drei in Jeansjacke und teure Sportschuhe gekleidete Wölfe mit blitzenden Zähnen. Zähne und Schuhe leuchten im Dunkeln so weiß, dass sie den schwarzen Wald viel mehr erhellen, als der Mond es jemals könnte.

»Ich gehe zur Oma ...«, als ob jemand Fremdes mit ihrer verlorenen Stimme antwortet.

»Ich glaube, sie ist wirklich nicht ganz dicht!«, lacht der zweite Wolf, plötzlich fährt eine Schlangenzunge aus seinem offenen Rachen.

»Umso besser!« Jetzt grinst der dritte Wolf, und seine weißen Zähne scheinen noch schärfer als die der anderen.

Das Mädchen will zurück Richtung Kreuzung, sie versucht ihre Beine in Bewegung zu setzen.

Tsikara, der georgische Märchenheld, blickte nach

hinten und befahl dem Jungen, den Kamm wegzuwerfen … Wieder hört sie die Stimme des Vaters, die ihr über den Kopf streichelt, und das Geräusch des Umblätterns von Papier. Auf einmal packt sie eine der Pfoten. Andere Pfoten kommen zu Hilfe und schleppen das Mädchen unter aufgeregtem Keuchen zu einem großen Baum. Sie werfen sie auf den nassen Boden und überschwemmen sie mit tierischen Gerüchen und rauen Fellen. Mit scharfen Krallen zerreißen sie ihr die Kleidung und aus den geöffneten Mäulern fällt Speichel wie die ersehnte Götterspeise auf den Körper des Mädchens.

»Ich bin als Erster dran!«, sagt der erste Wolf. Die Kälte dieser Stimme duldet keine Widerrede.

»Ist gut«, winselt der Zweite, »aber schnell, Gio. Ich explodiere gleich.«

Er ist schon wieder nicht da. Sie schaut aus dem Fenster, aber auf dem Schulhof ist niemand. Er lässt sich seit fast zwei Wochen nicht mehr blicken. Sie seufzt und wirft einen kurzen Blick Richtung Tafel, wo die Lehrerin gerade dabei ist, die Aufgaben für den Test anzuschreiben. Er ist nicht da, sie bekommt den Knoten in der Brust einfach nicht weg, würde am liebsten winseln, wie der Welpe, der ihr vom Vater geschenkt und von der Mutter wieder weggenommen worden war, mit der

Begründung, es wäre nicht einmal für die Menschen genug Platz in der winzigen Wohnung.

Jetzt fängt die Lehrerin an, die Anwesenheitsliste vorzulesen.

»Ist Irakli heute wieder nicht da?« Sie schaut über die Brille hinweg zu dem Mädchen.

»Nein.« Jetzt ist es wirklich zu viel. Sie schafft gerade noch rechtzeitig, das willkürlich zitternde Kinn hinter dem an einer wahllosen Stelle aufgeschlagenen Buch zu verstecken, bis die Lehrerin wieder auf ihre Liste sieht.

»Was glaubt er denn, wo das hinführen soll. Ständig krank, dieses Kind ist ein Schwächling!« Die Lehrerin raschelt mit den Papieren und fängt an, wieder etwas an die Tafel zu kritzeln. »Also bitte, holt eure Hefte raus, das Thema des Tests ist ›Der Wolf – Arzt des Waldes‹«.

Auf einmal klopft es leise, das Mädchen schaut auf, ein zerzauster Kopf erscheint im Türrahmen. Erst geht sein Blick in Richtung des Mädchens, dann schaut er die Lehrerin mit unschuldigem Gesichtsausdruck an und fragt mit ungewöhnlich tiefer Stimme:

»Frau Lehrerin… Ich habe mich verspätet. Darf ich trotzdem noch hereinkommen?«

»Ach! Schaut mal, wer uns heute beehrt! Komm rein, was steht du in der Tür wie angewurzelt?«

»Ich war krank, Frau Lehr…«

»Ja. Ja… Setz dich endlich neben deine Madame.

Sie hat schon einen steifen Nacken bekommen, weil sie ständig aus dem Fenster glotzt. Die Aufgaben stehen an der Tafel, fang an!«

Der Junge setzt sich, öffnet das Heft, und mit dem linken Arm berührt er vorsichtig den kantigen Ellbogen des Mädchens.

»Irakli, wo warst du die ganze Zeit?«

»Ich war krank, Sonnenmädchen«, lächelt der Junge sie an.

»Ach, fang du nicht auch noch an wie mein Papa.« Auch das Mädchen muss lächeln.

»Lässt du mich abschreiben?«

Der erste Wolf steigt zufrieden keuchend ab. Die beiden anderen greifen einander an, vor dem Hintergrund der weißen, zum Himmel gerichteten Brüste zeigen sie ihre spitzen weißen Zähne.

»Ich bin dran!« Die Stimme des Zweiten bricht, er spricht heiser, er setzt sich durch, sein Atem über ihrem Gesicht; er zwischen ihren Beinen.

»Nein, warum du?« Der Dritte zieht an der Jeansjacke des Zweiten, der ihn wegstößt.

»Habt ihr sie nicht mehr alle, ihr Wichser? Macht schneller!« Der erste Wolf knurrt und sieht sich im Dunkel um.

Allmächtiger Gott, lass das Seil ein wenig locker,

damit ich diesem Nichtswisser eine Lektion erteilen kann!, sagte der Aschenmann zum Himmel, während er im Geheimen einen vertrockneten Ast nahm und dem Riesen in den Nacken stach.

Der zweite Wolf schreit plötzlich auf. »Die Schlampe hat mich gebissen! Ich bring dich um!«

Zuerst spürt sie die warme Spucke auf ihrem eisigen Gesicht, dann beißt der zweite Wolf zu, will sie mit seinem blutigen Maul zerfleischen.

»Man, mach hin, Irakli!« Der Dritte ist außer sich vor Aufregung, während der Erste vergnügt Richtung Himmel jault.

»Pap, wenn Sonnenmädchen weder erwachsen noch alt werden, was geschieht dann mit ihnen? Ich meine, irgendwann? Sterben sie als Kinder?«

»Nein, wenn sie einen Planeten erwärmt haben, dann ziehen sie weiter zu einem anderen, um dort ihre Liebe weiterzugeben.«

»Dann werde ich auch irgendwann weiterziehen, nicht wahr?«

»Sicher!«

»Aber Mam meckert immer: Hör doch nicht immer auf Temiko und glaub nicht all den Humbug, den dein Vater dir erzählt … Du bist doch ein großes Mädchen … «

»Was weiß Mam schon …«, lacht der Vater.

»Mam weiß, wie man leckere Pfannkuchen backt. Ja, und außerdem weiß sie, wie man als Tututsi jemandem den Rücken krault«, lacht auch das Mädchen.

»Los, jetzt du, und dann nichts wie weg! Es wird bald hell!«

»Ja, ja. Kriegt jetzt nicht ausgerechnet bei mir die Krise!«

Als der dritte Wolf sich schon über sie gebeugt hat, werden von der Kreuzung her Schritte laut.

Das Mädchen bäumt sich auf, ringt mit letzter Kraft die auf ihren Mund gepresste Hand weg, schreit mit heiserer, gebrochener Stimme auf und versucht ihre mit Erde verschmierten Glieder aufzuheben.

»Macht sie still, ihr Idioten!« In der rauen Stimme des Ersten spürt sie Angst.

»Halt's Maul, du Schlampe!« Mit seiner ganzen bis jetzt zurückgehaltenen Energie drückt der Dritte ihr mit seinen Wolfskrallen auf Hals und Mund.

Sie muss schreien, einfach schreien, sie braucht Luft.

»Ich hab gesagt, halt die Klappe, du Nutte!« Der Dritte hält sie jetzt mit dem ganzen Gewicht seines Körpers am Boden und stopft ihren Mund mit borstigem Fell.

»Der arme Aschenmann versucht vergebens, sich zu

befreien, trampelt mit den Beinen, keucht, hechelt, aber er schafft es nicht, die riesige Lehmpfanne wegzuschieben«, liest der Vater mit ruhiger Stimme.

»Mann, mach leise … Er ist doch weg, oder?«

»Ja, das Dreckschwein. Was wollte der hier um diese Zeit?«

»Leute, was ist eigentlich mit ihr los?« Der erste Wolf jault leise.

Sie laufen um das Mädchen herum und beschnüffeln ihre zum Himmel geöffneten Augen.

»Was habt ihr Idioten gemacht?« Die eisige Stimme des Ersten ist leiser geworden, sein Nackenfell sträubt sich Furcht einflößend.

»Nichts! … Das ist alles Temikos Schuld! Ich hab nur ihre verdammten Beine festgehalten …«, beginnt der Zweite zu winseln.

»Scheiße, was … du hast doch die ganze Zeit gebrüllt, wir sollen was machen. Macht sie still, macht sie leise …« Mit zitterndem Kinn dreht sich der dritte Wolf zum ersten und lässt seine blutig sabbernde Zunge zur Erde.

»Lasst uns verschwinden, weg hier …!« Der erste Wolf schnappt nach dem dritten, und sie verschwinden in der Dunkelheit des Waldes. Der andere hetzt hinter ihnen her.

»Was ist das, Mam?« Das Mädchen nimmt der Mutter neugierig das Päckchen mit der silbernen Schleife aus der Hand.

»Mach es auf, dann siehst du es«, antwortet die Mutter und packt Lebensmittel aus den Tüten in den Kühlschrank.

Das Mädchen betastet die silberne Schleife und geht ins Schlafzimmer.

Zurück kommt sie in einem weißen ärmellosen T-Shirt. Darauf sind drei gleich aussehende Wölfe gestickt.

»Wer sind die?«, fragt das Mädchen lächelnd.

»Was glaubst du? Wer sollen sie denn sein?« Die vom Zwiebelschneiden heulende Mutter schaut ihre Tochter an.

Das Mädchen betrachtet das T-Shirt und ihr Gesicht erhellt sich.

»Der Erste ist Papa …«

»Der andere?«

»Der zweite ist unser Bettnässer Gio.«

»Und?«

»Und der dritte … Der dritte ist Irakli. Mein Klassenkamerad.«

»Und wen hast du am liebsten?«, fragt die Mutter lächelnd ihr Mädchen beobachtend.

»Alle drei!«, antwortet sie, ohne zu zögern, und springt zum Spiegel.

Das bespuckte Mädchen liegt auf dem feuchten Waldboden unter dem mächtigen Baum. Sie schaut mit funkelnden Augen, die neu erstrahlen wie die ersten Sterne am Nachthimmel, auf drei durch den Park hetzende Wölfe hinab.

»Wölfe, Wölfe! Zeigt mal eure Zähne!«, sagt plötzlich mit tiefer Stimme das Sonnenmädchen.

Und die Wölfe zeigten ihre spitzen Zähne, zwischen denen Fleisch zu sehen war. Mit leiser Stimme liest der Vater weiter.

Zeit des Nichtdenkens

◆

Als du sogar die SIM-Karte weggeschmissen und Nina verjagt hattest, sah dein Alltag so aus: Nach ein paar Stunden Schlaf wachst du auf, und es ist sofort da. Du hebst langsam den Kopf, schaust hinüber zum kleinen schwarzen Tisch in der Hoffnung, dass vielleicht von gestern … Vielleicht hast du gestern etwas für morgen übrig gelassen, aber alles sieht genauso aus wie immer. Auf dem Tisch liegen nur ein paar leere Spritzen, du siehst winzige Rückstände von Blut, einen verkohlten und deformierten Löffel, verfärbte Wattebäusche und den blutigen Bademantelgürtel. Die ausgeweideten Heroinpäckchen liegen einfach da, genauso wie du.

Dann nimmt es seinen Lauf, zwar langsam, aber erbarmungslos.

Es beginnt wie ein Schnupfen. Du zitterst. Im Körper läuft eine Ameisenarmee mal in die eine, mal in die andere Richtung, mal schnell, mal langsam, sie sind ununterbrochen unterwegs. Sie knabbern an deinem Knochenmark. Dich überkommt das Verlangen, das eigene Fleisch aufzuschneiden, die Knochen herauszuholen, sie mit dem Hammer zu zertrümmern und gleichzeitig bis zum Stimmverlust zu brüllen, bis es einfach nur noch ganz still ist. Aber das Entscheidende kommt danach. Nach Knochen und Fleisch wird auch dein Gehirn von Schmerzen überfallen. Das ist das Ende. In diesem Moment willst du nichts mehr. Entweder du bekommst den Stoff, entweder dieser unerträgliche Schmerz lässt ab von dir, vergeht, oder du musst diejenige sein, die verschwindet. Du wünschst dir den Tod.

Mit letzter Kraft stehst du auf, anziehen brauchst du dich nicht, denn meistens schläfst du in Klamotten ein, auf dem Bett liegend oder auf dem Sofa sitzend. Du nimmst die verfärbten Wattebäusche und kochst sie auf dem Löffel aus. Scheißegal. Es wird helfen, ein bisschen länger durchzuhalten. Du willst keine Krämpfe und keinen Schaum vor dem Mund. Jetzt bist du noch stark genug, kannst zum Fixpunkt gehen, deinen Arsch retten. Aber es ist noch zu früh. Da ist noch niemand. Du musst dich darauf konzentrieren, *jetzt* zu überleben, was in zwei Stunden ist, ist dir egal.

Du fixt das Zeug, das die Wattebäusche noch hergeben, das die Farbe von Kotze hat, und spürst sofort Ruhe. Jedes Mal nimmst du dir vor, diesen Müll nie wieder in deinen Körper zu lassen. Aber wenn du ein verfaulter Junkie bist, lernst du sehr schnell, dein Gehirn und deinen Körper auszutricksen. Danach gehst du dir die Zähne putzen. Das ist so ziemlich das Einzige, was du noch regelmäßig tust.

Lust, deine Haare zu waschen, hast du seit zwei Wochen nicht mehr, also bindest du dir ein Kopftuch um. Da sind ein paar Blutflecken drauf, aber egal, wer soll sich daran stören? Manchmal benutzt du es als Armbinde. Heute ist es ein Kopftuch. Es ist bunt, ein schönes Muster, das Blut wird niemand sehen.

Aus dem Spiegel neben der Tür schaut dich eine vergilbte, magere Fremde an, eingefallene Augen, schwarze Ringe und leerer Blick. Du wendest dich ab und verlässt so schnell wie möglich diesen Ort. Das Treppenhaus. Eine Stufe, die zweite, immer weiter nach unten.

Plötzlich liegt da ein Spatz.

Du bekommst am ganzen Körper Gänsehaut. Ein Luftzug streicht durch das zarte Gefieder.

Was hat ein Vogel im Treppenhaus verloren?

Auf einmal hast du ein Taschentuch in der Hand und wickelst den kleinen warmen Körper vorsichtig ein. Dann steckst du ihn in deine Manteltasche. Du wirst ihn in den Müllcontainern um die Ecke entsorgen. In deinem Körper hat sich die Ameisenarmee wieder in Bewegung gesetzt.

Draußen gehst du in die falsche Richtung. Es ist nicht weit und noch immer viel zu früh. Unterwegs, du streifst die grellen Graffitis an den Hausfassaden, überkommt die Panik dich in Schüben. An den Kreuzungen ist es am schlimmsten, zu viele Menschen, zu viele Autos, zu viele Richtungen. Der unerträgliche Lärm dieser Stadt.

Du bist da. Endlich. Das Tor ist verschlossen. In der Nähe schleichen zwei dir ähnlich sehende Gespenster herum. Es hat keinen Sinn, hier stehen zu bleiben und zu warten. Die Polizei wird vorbeifahren, das kann gefährlich werden, deshalb gehst du spazieren. Die Ameisen sind deinem Gehirn jetzt gefährlich nahe, und sie werden immer mehr.

Du schleppst dich zum Park. Es ist relativ warm, vielleicht ist Frühling. Trotzdem ist dir so kalt, dass du zitterst und deine Zähne klappern. Ob du es bis zum Park geschafft hast, wie die Zeit vergangen ist, all das weißt du nicht mehr.

Als du zurückkommst, triffst du schon ein paar Junkies am Tor. Solche, die auf der Straße leben, die sich nicht waschen, die stinken. Einige sind schon drauf, die meisten quälen sich aber, genau wie du.

Du versuchst, nicht darüber nachzudenken, was du hier machst und dass du eine von ihnen bist, weil du hierherkommst und all das. Nicht nachzudenken ist das Einzige, was dir heute gelingt.

Und du läufst mit hoch in die Luft gerecktem Kinn herum, damit jeder versteht, dass du nicht wirklich hierhergehörst. Das bist du: klug und begabt und hübsch und außergewöhnlich. Letztendlich bist du die Tochter deiner Mutter. Aber vermutlich glaubst du selbst nicht mehr wirklich daran, oder vielleicht kannst du dich auch nur nicht mehr richtig erinnern. An dich. Wer ist deine Mutter? Wer ist Irakli? Wo ist dein Vater? Egal. Dieses verdammte Tor soll endlich aufgehen, sonst stirbst du.

Sobald der Dealer da ist, stehen alle dicht um ihn herum, obwohl das Polizeiauto alle paar Minuten vorbeifährt. An anderen Tagen benimmst du dich vorsichtiger, aber das ist jetzt egal. Der Schmerz geht in eine gefährliche Phase über, deshalb schiebst du die heruntergekommenen Gestalten so grob du kannst zur Seite und verlangst schroff fünf Braune.

Er weiß, dass du immer viel kaufst, sofort bezahlst, nie bettelst oder feilschst. Deshalb holt er mit seinen dreckigen Fingern den in Tütchen gewickelten Stoff unter der Zunge hervor und drückt ihn dir in die Hand. Die verschließt sich zur Faust. Das Päckchen ist nass und klebrig. Du versuchst, das Würgegefühl zu unterdrücken, und putzt den Schatz behutsam mit einem Taschentuch. Jetzt gehört er dir.

Du bist gerettet. Noch ein paar Minuten, und dir

wird es besser gehen. Diesmal musst du nicht sterben. Die dich erdrückende Last wird einfach von dir abfallen, die Gefühle werden vergehen. Dann lässt die Kälte nach. Und die Ameisen verschwinden.

Endlich geht auch die Tür zum Gebäude im Hof auf. Sofort kaufst du die Spritze und meldest dich für das Zimmer an. Einige waren schneller als du. Dir scheint, du musst noch eine Ewigkeit warten, obwohl dein Kopf eigentlich genau weiß, dass sich in maximal zehn Minuten die Tür zum Himmelreich wieder öffnen wird.

Du setzt dich zusammen mit anderen an einen der Tische. Noch immer versuchst du, dich so zu benehmen, als ob du nur ganz zufällig hier gelandet wärst und als ob du sofort gehen könntest, wenn du wolltest. In Wirklichkeit kommst du täglich her. Und während dich früher alle verwundert angeglotzt haben, um zu verstehen, was du beziehungsweise jemand wie du, hier verloren hat, bemerkt dich jetzt kaum noch jemand. Du bist genauso gesichtslos geworden wie sie. Hast ihren vergilbten, verfaulten Blick. Aber das ist nicht wichtig. Solange das schmutzige Tütchen des Fremden in deiner Tasche steckt, ist das wirklich nicht wichtig.

Plötzlich erinnerst du dich an deine Mutter, und das Herz wird dir heftig zusammengepresst. Es schmerzt jetzt mehr, als alle Knochen zusammen es jemals könnten. Du musst anrufen! Heute musst du sie unbedingt anrufen. Du hast dich schon so lange nicht mehr zu Hause gemeldet. Ab morgen wirst du anders werden. Du machst den Entzug, gehst wieder zur Uni, besuchst Saba, kaufst Nina Süßigkeiten. Nein, umgekehrt: Du besuchst Nina und kaufst Saba Süßigkeiten. Genau. Das machst du heute noch.

Die nächste Gruppe Gesichtsloser schleppt sich ins Zimmer. Du gehst mit. Ein Mädchen in deinem Alter sitzt mit einem Heft am Eingang und fragt dich höflich lächelnd:

»Heroin oder Kokain?«

»Heroin«, antwortest du. Auf Kokain bist du noch nicht umgestiegen, aber das kommt ganz sicher irgendwann.

»Alter?«

»Vierundzwanzig«, antwortest du.

»Intravenös?«

Du nickst. Sie gibt dir saubere Watte, Löffel, eine Armbinde, die so bequem und handlich ist, dass du dir immer, wenn du sie anlegst, vornimmst, sie versehentlich mitzunehmen. Aber nach dem Fixen vergisst du sie jedes Mal.

Du setzt dich an den Tisch. Da ist noch jemand, aber du könntest nicht mal sagen, ob es ein Mann ist oder eine Frau, ein Vogel oder ein Insekt oder gar eine Pflanze. Du bereitest alles mit zitternden Händen vor. Verschüttest etwas. Den Rest ziehst du so vorsichtig wie du kannst in die Spritze, während dein suchender Blick schon deinen Arm abwandert. Er ist so durchlöchert, dass selbst die leichteste Berührung schmerzt. Wenn du zu Hause wärst, würdest du dir ins Bein spritzen. Jetzt bist du gezwungen, wieder den Arm zu quälen.

Du ertastest eine weniger schmerzende Stelle und steckst die Nadel vorsichtig rein. Die Vene ist so verhärtet, dass die Bewegung mühsam ist. Von innen hörst du das Knirschen. Anscheinend trocknet dein Blut langsam aus.

Unwichtig, denn endlich kommt sie, sie ist fast da. Die Ruhe. Es ist schon lange kein Rausch mehr. Du fühlst dich einfach gut. Du fühlst dich nicht mehr schlecht. Du spürst keinen Schmerz, kein Frieren, und was noch viel wichtiger ist: Die Welt um dich herum sinkt endlich zurück, sie lässt von dir ab.

Du wirfst Löffel und Spritze in den Kasten. Die Armbinde gibst du dem Mädchen zurück, nimmst das Desinfektionsmittel und putzt mit mechanischer Bewegung den Tisch ab. Das Würgegefühl schnürt dir den Hals zu. Wie immer. Dein Körper will diesen Müll nicht und stößt ihn jedes Mal ab. Du rennst zum nächsten Himmelreich – dem dreckigen Klo.

Dann gehst du nach Hause, langsamer diesmal. Du schleppst dich glücklich dahin, denn in deiner Tasche fühlst du noch vier Päckchen. Das heißt, bis morgen wird es dir gut gehen. Du ahnst etwas von der Erinnerung daran, dass du Mama anrufen wolltest. Keine große Sache. Rufst du eben morgen an.

In der Wohnung schlägt dir der Geruch entgegen, der dich jedes Mal glauben lässt, jemand wäre gestorben und vergessen worden. Der Raum ähnelt eher der Höhle eines Tieres als einem Zuhause. Aber auch das ist nicht wichtig. Du wirfst dich aufs Bett, endlich, deine Hand tastet in der Manteltasche nach Tabak. Und plötzlich trifft es dich wie ein Blitz.

In der Tasche liegt jemand. Weich. Und kalt. Aber echt.

In Sekundenschnelle schlägt eine Erinnerung die Flügel, der Spatz, deine Knochen werden weich. Wie konntest du ihn vergessen? Du nimmst den in das Taschentuch eingewickelten Vogel vorsichtig heraus. Du siehst ihn lange an, den kleinen, spitzen Schnabel, die Brauntöne der Flügel, das rötliche Schimmern des Kopfes.

Wenn du nur eine Schaufel hättest, eine gottverdammte Schaufel. Dein Blick fällt auf den verformten, verkohlten Löffel, der noch immer auf dem Tisch liegt. Du steckst ihn in die Hosentasche, läufst die Treppen hinunter, die Hintertür führt in den Garten. Aus den Bäumen zwitschert es aus Leibeskräften. Hier ist ganz sicher Frühling.

Unter der Tanne ist die Erde hart vom Kalk, der Löffel kommt kaum dagegen an. Deine Hand wird schnell müde und fängt an zu schmerzen. Vielleicht ist es so schon tief genug? Du legst den zarten Körper in die Erde und bedeckst das zerzauste, weiche Gefieder. Dann drückst du die Erde noch einmal fest, damit die Nachbarn nichts bemerken. Auf das kleine Grab legst du einen Tannenzapfen, als ob da nichts Besonderes wäre. Nein. Warte. Du brichst noch einen Ast ab und steckst ihn als Grabmal in die Erde.

In deinen Tierbau zurückgekehrt, machst du den Fernseher an. An den Wänden hängen die Fotos von Papa, Mama, Irakli und dir – wie eine Tapete. Sie sehen aus, als ob sie nicht sie wären. Irgendwelche Fremden. Ein solches Lächeln wie auf den Fotos gelingt dir nicht mehr. Dir gelingt es nur, nicht zu denken.

An der großen, schmutzigen Fensterscheibe hast du irgendwann einmal einen winzigen Zettel befestigt. »Es wird alles gut«, hast du mit Tinte darauf geschrieben, um dich aus dem Schwarz der Tage zu befreien.

Doch es wird nichts mehr gut. Du spürst deine Knochen, die hohl sind.

Aber das ist nicht wichtig. Heute ist es nicht wichtig. Es ist die Zeit des Nichtdenkens.

Die blauen Müllsäcke

◆

Natali hatte nicht vorgehabt, dorthin zu gehen. Ihre Beine schienen sie einfach zur Straßenecke geführt zu haben. Als sie begriff, wo sie sich befand, klopfte ihr Herz so laut, dass sie Angst bekam, die in der Babytrage an die Brust gedrückte schlafende Ana könnte weinend aufwachen. Natali schwitzte, und ihr taten die Ohren weh. Mit schnellen Schritten lief sie davon und stieg in den ersten vorbeifahrenden Bus, ohne auf Nummer oder Fahrtrichtung zu achten. Der Bus war voll, jemand stand auf und setzte sie hin. Sie sah die Person dankbar an und atmete erleichtert auf. Ana schlief noch. Natali starrte die Fensterscheibe an, fuhr einmal um die kleine Stadt, stieg in einen anderen Bus und fuhr Richtung Zuhause.

Am nächsten Morgen war sie aufgewühlt, wachte trotz des Schlafmangels viel früher als Ana auf. Sie machte Kaffee, ging leise auf den Balkon und atmete die kühle Morgenluft tief ein. Sie überkam das alles verschlingende Bedürfnis, eine Zigarette zu rauchen. Sie hatte vor einem Jahr, acht Monaten und einigen Tagen aufgehört, aber morgens, während des ersten Schlucks Kaffee, verzehrte sich ihre Psyche nach einem langen Zug an der Zigarette. Sie versuchte, sich abzulenken, doch die Erinnerung an den Vortag nahm Gestalt an in ihrem Inneren. Ihr wurde kalt. Sie umschlang die heiße Tasse mit den Händen und drückte sie sich an die Wange.

Wenn ich damals bloß die Fotos mitgenommen hätte, dachte sie.

Auf einmal hörte sie Anas Weinen und ging zurück ins Zimmer.

Nach dem Mittagessen setzte sie das Kind in die Babytrage und machte einen Spaziergang. Die Sonne brach sich Bahn durch den bewölkten Himmel, und es wurde wärmer. Mit langsamen, den langen Winter gewohnten Schritten spazierte sie durch den Park, setzte sich auf eine Bank, schloss die Augen und wandte das Gesicht in Richtung des noch kraftlosen Lichts. Plötzlich war sie umhüllt von dem angenehmen, ihr so sehr fehlenden Geruch. Als sie die Augen öffnete und sich umsah, entdeckte sie einen Jungen, dreizehn oder vielleicht vierzehn Jahre alt, der auf der Bank gleich neben ihrer saß und mit einer noch ungeübten Bewegung, aber einem durchaus zufriedenen Gesicht eine Zigarette rauchte. Sie dachte, dass sie ihn wahrscheinlich mit einem strengen Gesichtsausdruck nach seinem Alter hätte fragen müssen, tat es aber nicht.

Sie machte die Augen zu, genoss die Wolke aus Rauch und Erinnerungen, schaute wieder zu dem Jungen. Wahrscheinlich müsste ich ihm sagen, dass er sich woanders hinsetzen soll, des Qualms und des Kindes wegen … Aber wieso sollte er sich umsetzen sollen? Das hier ist schließlich ein öffentlicher Park und kein Spielplatz … Wie wäre das eigentlich? Also, moralisch gesehen ist die Sache klar, aber rechtlich – er oder ich? Plötzlich lachte sie über sich selbst. Ausgerechnet sie fragte nach dem Gesetz … Der Junge blickte irritiert in ihre Richtung, drückte die Zigarette unbeholfen an der Bank aus, stand auf und verließ den Platz mit schnellen Schritten.

Sie blieb noch einen Augenblick länger sitzen, dann stand auch sie auf und ging langsam weiter. Ana schlief noch immer, alles war still, nicht einmal die ersten Vögel des Frühjahrs waren zu hören. Ich hätte nach Lyon ziehen sollen, statt hierher zurückzukommen. Oder sonst wohin. Der Gedanke fing wieder an, sich in ihrem Kopf zu drehen, das war inzwischen zur Routine geworden. Sie wurde seit Langem von dem Zweifel geplagt, ob ihre Entscheidung richtig gewesen war. Schließlich war sie nicht grundlos von hier abgehauen. Sie begriff nicht wirklich, ob es sich bei ihrer Rückkehr um einen kindischen Protest handelte oder ob sie anderen damit etwas beweisen wollte. Diejenigen, die sie damals gemieden hatten, wollten auch jetzt nichts mit ihr zu tun haben. Stattdessen hatte sie das Gefühl, dass ihr ständig neugierige Blicke folgten, die von ihren moralischen Wachposten aus jede ihrer Bewegungen beobachteten.

Ana wachte auf und begann zu weinen. Sie war hungrig. Natali schaute sich um, um einen Ort zu finden, der etwas versteckt lag. Auf einmal war ihr klar, dass sie wieder auf derselben Straße stand wie gestern, wieder vor demselben Haus. Ana brüllte, Natali war hilflos. Sie konnte nicht verstehen, was sie hierher trieb. Anscheinend stand sie lange Zeit wie versteinert da, das weinende Kind vor der Brust, denn die Tür eines großen hellgrünen Gebäudes, das in ihrer Erinnerung dunkelgrau war, wurde von innen geöffnet und eine sympathische, etwa 50-jährige Frau rief ihr laut zu: »Kann ich Ihnen vielleicht irgendwie helfen?«

Sie erwachte, hörte plötzlich Anas Weinen, lockerte die Babytrage und ging rasch in Richtung der Frau. »Sie hat Hunger … Ana ist hungrig. Wäre es möglich, dass ich sie hier irgendwo stillen kann?«

Die Frau lächelte sie an. »Natürlich, kommen Sie einfach mit.« Sie hielt ihr die Tür auf und schaute mit neugierigem Blick das Baby an. »Was für ein hübsches Kind«, stellte sie fest. Ihr Gesicht schien ehrlich begeistert, sie betrachtete Natali jetzt aufmerksamer. Währenddessen führte sie sie zum Ende des langen Korridors.

Bis sie das Zimmer erreichten, sagte keine von ihnen auch nur ein Wort. Sogar Ana hörte auf zu weinen und schaute in die unbekannte Umgebung. Sie hatte Schluckauf bekommen. Die Frau öffnete die Tür, an der mit großen Druckbuchstaben »Büro« geschrieben stand, und ließ sie hinein. In dem hellen, sonnigen Zimmer standen zwei Tische, Stühle, einige Regale und viele Topfblumen, ganz hinten die vor fremden Blicken geschützte Ecke, wo ein Stuhl stand. Auf den zeigte die Frau jetzt.

»Brauchen Sie vielleicht noch etwas?«, fragte sie lächelnd und schaute wieder das Kind an. »Sie ist wirklich sehr hübsch.«

»Danke.« Auch Natali lächelte jetzt. »Ich brauche nichts weiter. Es wird nicht lange dauern.«

»Lassen Sie sich ruhig Zeit. Heute haben wir sowieso keine Öffnungszeiten, da stört Sie niemand.«

Die Frau setzte sich an einen der Tische und versank in ihren Papieren.

Ana trank, sie war endlich zufrieden. Natali schaute sich im Zimmer um.

Nichts hatte sich verändert. Vielleicht gab es ein paar mehr Pflanzen? Seit wann sie wohl hier arbeitete? Gott sei Dank, dass …

Sie konnte den Gedanken nicht einmal zu Ende denken, als die Zimmertür plötzlich aufging, eine zweite

Frau mittleren Alters hereintrat und zu dem unbesetzten Tisch ging, der dem anderen gegenüberstand. Natali versteinerte. Sogar ihre Milch schien plötzlich ausgetrocknet zu sein, denn Ana zog an der Brustwarze, was wehtat, zweimal hintereinander. Als das nicht half, schrie sie laut auf. Die Frau, Frau Fischer, Natali erinnerte sich sofort an ihren Namen, die sich inzwischen an ihren Tisch gesetzt hatte, blickte auf und starrte Natali stumm, mit wissendem Blick, wenn auch ungläubig blinzelnd, an. Dann stand sie auf, kam näher, ohne ihren Papierstapel abgelegt zu haben, blieb stehen, beugte sich vor und betrachtete Natali aufmerksam.

»Du?«

Natalis Glieder waren weich geworden, trotzdem versuchte sie umständlich aufzustehen. Die auf ihrem Schoß liegende Babytrage fiel zu Boden. Natali drückte Ana wie einen Schild vor die Brust, die noch immer entblößt war.

»Ja«, sagte sie leise, ihre Stimme brach. Sie holte Luft. »Hallo …« Sie wollte am liebsten flüchten, diese Frau einfach wegstoßen, die Tür aufzureißen, neun Berge und neun Lichtungen überqueren, sich diese Beine brechen, die sie hierher geführt hatten. Stattdessen wartete sie wie eine Statue darauf, dass die Frau ihr Vorwürfe machte, sie damit überhäufte. Anscheinend spürte Ana den Zustand der Mutter und verstummte.

»Du lebst?« Sie schauten einander lange an. In den braunen Augen der Frau waren plötzlich Tränen zu sehen. Sie legte den Papierstapel auf die Tischecke, sodass einige Blätter hinunterfielen, aber keine von ihnen rührte sich, um sie aufzuheben. Sie kam noch näher und betastete Natalis Haare unbeholfen, als ob sie sichergehen wollte, dass sie echt waren. »Wir dachten, du seist tot.«

»Ich weiß«, sagte Natali. Sie wollte den Blick von der weinenden Frau abwenden, schaffte es aber nicht. »Ich war auch tot«, war alles, was sie sagen konnte.

»Ich habe das Zimmer damals noch drei Monate für dich zurückbehalten. Ich habe so sehr gehofft, dass du vielleicht doch wieder auftauchst. Wir haben alles in deinem Zimmer gefunden, deinen Pass, Unterlagen, Kleidung …« Die Frau schluckte geräuschvoll. »Dein Zimmer …«

»Ich weiß …« Natali spürte, wie ihr die Farbe aus dem Gesicht wich. »Ich werde alles bezahlen. Nicht auf einmal, aber in Raten. Ich darf doch in Raten bezahlen, nicht wahr? Ich bin alleinerziehend, noch kann ich nicht arbeiten. Aber jetzt geht es mir gut. Mir geht es seit Langem gut. Bald fange ich wieder an zu studieren. Ich bin immer noch ich. Ich bin nicht gestorben. Ich habe jetzt Ana. Ich habe Ana. Ich …«

In diesem Augenblick begriff sie, dass sie schrie. Und dass sie weinte. Die Frau, die sie ins Haus gelassen hatte, entschuldigte sich verlegen murmelnd und verließ das Zimmer. Frau Fischer stellte den Stuhl näher, drückte Natali fast gewaltsam darauf, nahm ihr das Kind ab, legte es vorsichtig auf die noch auf dem Boden liegende Trage, kniete vor Natali und knetete und hauchte ihr die plötzlich vereisten Hände.

»Ja, natürlich. Alles ist gut. Alles ist gut«, wiederholte sie ununterbrochen.

Natali schluchzte. Ana lag still und beobachtete das, was passierte, so ernst, als begreife sie alles und als wolle sie kein Wort dieses Gesprächs verpassen.

Nach kurzer Zeit ging die Tür auf, und sie waren wieder zu viert. Natali versuchte, sich zu fassen, trocknete sich die Tränen und sagte leise:

»Danke. Es geht mir wieder besser. Verzeihen Sie bitte, es sind einfach die Nerven. Ich schlafe sehr wenig und mache bei jeder Kleinigkeit ein solches Theater.« Sie lächelte gequält.

Das war gelogen. Sie hatte schon seit Jahren nicht mehr geweint. Wenn ihr alles zu viel wurde, hämmerte sie mit den Fäusten gegen die Wand oder schrie in ein Kopfkissen, bis sich ihre Stimmbänder anfühlten, als wollten sie reißen. Und nun erlaubte sie sich eine solche Schwäche vor einer Person, die sie nach langer Zeit zum ersten Mal wiedersah, und vor einer völlig fremden Frau. Ihr stieg die Schamesröte ins Gesicht. Sie wollte aus dem Zimmer stürzen und diesen Ort für immer verlassen, ohne sich auch nur umzusehen.

»Was die Miete betrifft, ich werde sie wirklich zurückzahlen. Bald bringe ich Ana in eine Krabbelgruppe, und dann suche ich mir einen Job. Ich bezahle alles, ganz sicher.«

»Mach dir deswegen keinen Kopf. Das ist alles längst erledigt. Wir haben eine Versicherung für solche Fälle.«

Natali schaute auf ihre Füße. »Und haben Sie öfters solche *Fälle*?« Die Frage gelang ihr nur mit einem ironischen Unterton.

»Es kommt manchmal vor, dass die Studierenden die letzten paar Monate nicht mehr bezahlen oder das Zimmer in einem schlechten Zustand zurücklassen. Den Fall, dass eine vor drei Jahren verschwundene und seitdem als tot geltende Studentin mit ihrer Tochter auftaucht, hatten wir bisher allerdings noch nicht.« Die Frau lächelte und schaute Ana an. Die verlangte mit den kleinen Händen in die Luft greifend nach ihrer Mutter.

»Verstanden. Noch mal Verzeihung für alles. Dann gehe ich jetzt. Ich habe Sie sowieso schon zu lange aufgehalten.«

Natali stand auf, bemerkte, dass ihre Bluse noch offen war, zog die Schulter beschämt ein, drehte sich zur Wand und knöpfte sie zu. Die Frau half ihr, die Trage zu befestigen. Als sie fertig war, lächelte sie sie an und sagte:

»Wahrscheinlich wirst du sie heute nicht gleich abholen können, aber im Keller liegen noch ein paar deiner Sachen. Wenn du es schaffst, komm mit einem Auto vorbei und nimm sie mit.«

»Meine Sachen?« Ihr kam es vor, als erlitte sie einen Schlaganfall, so stellte sie sich das Gefühl zumindest vor. Sie taumelte. Die erschrockene Frau musste sie festhalten und den Stuhl näher an sie heranrücken, auf den Natali sich stützen musste.

»Ja. Alles, was noch in deinem Zimmer war … Den Müll haben wir natürlich entsorgt.« Die Frau räusperte sich taktvoll.

»Müll …« Natali lächelte verbittert. Hatte es dort etwa noch etwas anderes gegeben als Müll?

»Komm mit. Wenn du willst, kann ich dir den Keller gleich zeigen. Schau einfach, was du noch gebrauchen kannst.«

Natali war blass geworden, nickte aber wortlos und folgte ihr.

Sie gingen die Treppen hinunter in den hinter einer Eisentür verschlossen liegenden Keller. Das Licht ging an, sie mussten an mehreren verstaubten, aufeinandergestapelten Kisten und Möbeln vorbei zum anderen Ende des langen Gangs.

»Hier, das gehört alles dir.« Die Frau zeigte auf vier große dunkelblaue Müllsäcke, die verstaubt in einer Ecke standen.

Natali brach der Schweiß aus. Ana war noch immer ganz still und sah sich in dem niedrigen, halbdunklen Raum um.

»Weiß du was? Wenn du magst, nehme ich das Kind mit nach oben in den Garten und wir gehen ein bisschen spazieren. Schau du dich nur in Ruhe um. Du kannst die Sachen gleich heute aussortieren, wenn du möchtest … Was du nicht mehr brauchst, legst du zur Seite, dann kümmert sich morgen die Reinigungskraft darum.«

»Vielen Dank.« Ihre leise, verloren wirkende Stimme kam von einem Ort tief in ihrem Körper.

Frau Fischer stellte ihr einen Klappstuhl hin, nahm ihr das Kind ab und verließ den Keller. Natali saß einige Minuten ohne sich zu rühren da und schaute die großen, zugeschnürten Müllsäcke an. Darin verpackt war ihre ganze Vergangenheit. Das, wovor sie fluchtartig weggelaufen war und was sie nicht mal im Traum hatte wiedersehen wollen. Sie atmete tief ein und versuchte, den ersten Sack aufzuschnüren. Er war so fest verbunden, dass ihr das Band tief in die Finger schnitt. Gereizt riss sie ihn schließlich an der Seite auf. Und auf einmal war da dieser furchtbare Gestank. Ihres Zimmers. Der

Drogen. Des Schweißes. Des Drecks. Der Hoffnungslosigkeit. Des langsam auf sie zukriechenden Todes. Sie hätte sich am liebsten übergeben. Sie schloss die Augen und begann zu zählen. »Eins, zwei, drei, vier … Bald ist es vorbei … fünf, sechs, sieben … Alles ist wieder gut … Acht, neun, zehn … Ana. Ana ist da. Hier, bei mir.«

Sie öffnete die Augen wieder. Mit zitternden Händen klaubte sie die Sachen aus dem Sack, warf sie auf den Boden. Jeans, T-Shirts, Sommerkleider. Sogar die Sneakers, die sie so viele Jahre getragen und zu entsorgen nie übers Herz gebracht hatte, waren noch da. Mit den Fingerspitzen hob sie sie hoch. Sie waren abgenutzt, ausgeblichen, verformt. Sie warf sie angeekelt auf den Haufen neben sich und wandte sich dem nächsten Sack zu. Diesmal versuchte sie nicht mal, ihn ordentlich zu öffnen, sondern zerriss das Plastik gleich. Der ganze Inhalt lag in kürzester Zeit über den Boden verstreut. Auch in den zweiten Sack war hauptsächlich Kleidung gestopft worden, vor allem Wintersachen. Verformte Pullis, Jacken, fusselige Schals und Mützen. Im dritten Sack fand sie Handtücher, Kissenbezüge, eine Decke und ein paar Bücher. Im vierten waren noch mehr Bücher, CDs, Ordner, alles nutzloses Zeug, das ihr egal war. Sie wühlte diesen ganzen Kram wie von Sinnen aus den Säcken. Der Haufen vor ihr wurde immer größer.

Sie stand bis zu den Knien in ihrer Vergangenheit und erstickte fast an dem Gestank der Erinnerungen, der Reue und Wut. Sie begann zu schreien, den Haufen mit Füßen und Händen zu treten und zu boxen; sie zerfetzte Kleidung, schleuderte Bücher gegen die Wand, zerriss Papier, zerschmetterte CD-Hüllen. Plötzlich hatte sie eine verschnürte kleinere Tüte in der Hand, die sie mit voller Wucht gegen die Wand warf. Die Tüte riss beim Aufprall auf, und Fotos fielen heraus. Sie hielt inne, versteinerte. Dann stieg sie über den Haufen und kniete sich neben die Fotos. Die meisten waren schwarzweiß. Omas. Opas. Vater. Mutter. Keti. Sie selbst grinst auf jedem Bild, sie sieht leichtsinnig aus, sie ist glücklich. Hier ist sie mit ihrem Vater bei einem Ausflug in Sochumi. Mutter ist mit Keti schwanger. Und hier, ein anderes Foto von ihrem Schulanfang. Wie gut sie sich an diesen Tag erinnert. Es ist der erste September. Sie kommt in die erste Klasse. Keti weint so bitterlich, als Mutter sie aus der Klasse rausbringt und Natali dort zurücklässt. Hier, auf dem ist Vater schon tot. Mutter hat ein so trauriges Gesicht. Und da ist auch Mutter schon gestorben, und Oma umklammert mit verzweifeltem Gesicht Keti, während Natali grimmig hinter Opas Rücken hervorschaut.

Natali weinte. Sie beweinte die runtergebrannte Stadt, den getöteten Vater, die Angst in den Augen ihrer innerhalb von zwei Monaten erloschenen Mutter, die verrunzelten Hände von Oma, die nur dann zitternden Schultern von Opa, wenn er dachte, niemand sehe ihm zu. Sie beweinte Tbilissi, das nicht mal nach so vielen Jahren ihr Zuhause geworden war. Sie beweinte den verlorenen Glauben, die abgewandten Blicke, die Arme voller Narben, die eigentlich schon vor Jahren leblos auf ihrer Brust hätten gefaltet werden müssen. Die aber stattdessen Ana vorwurfslos durch die Welt trugen. Und auf einmal, hier in diesem Keller, ausgerechnet in diesem Haus, spürte sie, wie sie von etwas Großem und unendlich Schwerem befreit wurde.

Sie sammelte die Fotos ein, wickelte sie wieder in die Tüte und stopfte sie sich hinten in die Hose. Dann riss sie ein paar leere Beutel von der auf einem Regal liegenden Müllsackrolle ab, packte alle anderen Sachen hinein, band sie fest zu und stellte die neuen Säcke anstelle der alten an die Wand.

Als sie den Keller verließ und in den Garten ging, kam es ihr vor, als atme sie zum ersten Mal in ihrem Leben frische Luft ein. Ihre Lunge schien sich mit einer solchen Leichtigkeit zu füllen, dass sie sich fühlte wie ein Ballon, der kurz davor ist, einfach fortzufliegen. Sie spürte die Erde unter ihren Füßen nicht mehr. Sie sah die Sonne zum ersten Mal, als hätte sie ihr ganzes bisheriges Leben unter der Erde verbracht. Sie vernahm

Geräusche, die sie nie zuvor gehört hatte, Vogelgezwitscher, Autolärm, Gelächter, Rufe. Sie schloss die Augen und stellte sich lächelnd in die Helligkeit des Tages.

»Ana ist eingeschlafen«, hörte sie plötzlich eine Stimme hinter sich sagen. Sie öffnete die Augen wieder, sah sich um, mitten in das Gesicht der ebenfalls lächelnden Frau. »Ist alles in Ordnung?«

»Ja. Danke. Ich habe alles mitgenommen, was ich brauche. Wenn Sie den Rest entsorgen könnten …«

Die Frau musterte Natali kurz, sie sagte nichts, schien sich aber zu wundern, denn sie hielt nichts in den Händen. Vorsichtig half sie ihr mit der Babytrage.

»Dann mach's gut. Und pass auf dich auf. Ich freue mich sehr, dass es dir gut geht … Und deinem Kind auch.«

Die Frau umarmte sie ein wenig unbeholfen.

»Danke. Ich danke Ihnen für alles.« Auch Natali umarmte sie, und so standen sie einige Minuten lang mitten im Garten, das schlafende Kind zwischen sich.

Als sie sich lösten, holte die Frau noch ein Stück Papier aus ihrer Tasche, mit einer handgeschriebenen Nummer darauf.

»Behalte die für alle Fälle, vielleicht brauchst du irgendwann mal etwas.«

Natali nahm den Zettel, steckte ihn ein, sah sie noch einmal an und ging.

Die Frau kehrte in das leere Zimmer zurück, setzte sich an den Tisch und nahm den Fotorahmen in die Hand, der auf der Tischplatte stand. Auf dem Foto lächelt ein junges aschblondes Mädchen in die Kamera. Die Frau fuhr mit dem Daumen langsam über das Gesicht des Mädchens, schaute es still an und stellte den Rahmen wieder an seinen Platz. Sie stand schwer auf, zog sich den an der Wand hängenden Mantel an und verließ das Zimmer.

Auf Wiedersehen

◆

Sie hörte nichts mehr, sondern sah nur die Lippenbewegung des Arztes, als ob sie vor einem lautlos gestellten Fernseher säße. Sie war gefangen in einem Vakuum, ohne Luft, ohne Licht, ohne Hoffnung.

Sie sah, dass der Arzt aufgehört hatte zu sprechen und sie mit ruhigem, mitleidigen und wartenden Blick anschaute.

Wahrscheinlich bin ich nicht die Erste, der er das mitteilt. Wie reagieren die anderen? Wie macht man das?

Sie spürte, wie sie langsam verstand, wie sie mit zischendem Geräusch von innen austrocknete, von den Adern bis zu den Augen, wie ein in der glühenden Sonne liegender, nasser Schwamm, alles geht viel zu schnell, alles wird knochenhart, dann zerfällt es. Erst versiegen Blut, Schweiß und Speichel, und dann verwandelt sich der ganze Körper in Wüste, in trockene Wüste, wo es nur heißen Sand gibt und Staub und sonst nichts.

»Wasser.«

Ihre Stimme hörte sie nicht, aber sie sah, wie der Arzt

mit einer Kopfbewegung der Krankenschwester ein Zeichen gab, die forteilte und zwei Minuten später mit einem vollen Wasserglas zurückkam. Das Gesicht des Arztes wurde noch einfühlsamer, er tätschelte ihre eiskalte Hand mit seiner warmen, vermutlich um sie zu trösten.

Er fragte sie anscheinend etwas.

Vermutlich will er wissen, ob es mir besser geht.

Sie nickte automatisch, um ihn zu beruhigen, dann trank sie mit geschlossenen Augen einen Schluck Wasser. Das ist ja warm wie Pisse, war der nächste Gedanke, den das Vakuum in ihr Bewusstsein schleuderte.

Beim Abstellen des Glases hörte sie plötzlich ein Geräusch. Ihr Hörvermögen schien wieder funktionieren zu wollen. Wie die aufgereihten Perlen einer Kette kehrten die Eindrücke einer nach dem anderen zurück: Straßenlärm durch das offene Fenster, das leise Summen des Ventilators, das Geräusch eines über den Korridor geschobenen Rollbettes.

»Es tut mir wirklich sehr leid. Wir versuchen es trotzdem mit der Chemotherapie. Manchmal geschehen auch Wunder. Und auch wenn das in Ihrem Fall nicht eintreten sollte, werden wir zumindest einige wertvolle Monate dazugewinnen, vielleicht sogar ein Jahr. Wie alt sind Ihre Kinder?«

Sie spürte ein Brennen an den Außengrenzen ihres

Herzens. Ihre Brustwarzen fingen zu schmerzen an, wie damals, als ihre erste Tochter mit ihrem zahnlosen Mund hungrig auf sie losgegangen war. Wie riesig damals ihre Brüste gewesen waren … Ständig hatte sie Flecken auf den Blusen gehabt. Als ihr Nesthäkchen zur Welt gekommen war, hatte sie weder Milch noch ein heiles Nervensystem gehabt. Es war dem ständigen Kampf mit ihrem Mann zum Opfer gefallen.

Was sollen sie ohne mich machen? Ihr ging die Luft aus, sie fühlte, wie der Sand sich in ihr ausbreitete.

»Auf Wiedersehen«, verabschiedete sie sich irgendwann mir verlorener Stimme vom Arzt und machte die Tür hinter sich zu. Sie durchschritt den überfüllten Warteraum. Von all diesen Menschen werde ich vermutlich als Erste sterben. Obwohl sie diesen Gedanken ruhig fasste, spürte sie kalten Schweiß auf ihrer Stirn, kurz danach bemerkte sie, dass ihr Unterkiefer heftig zitterte.

Bloß nicht heulen jetzt. Sei keine blöde Kuh!

Draußen wachte sie auf. Gleich hinter dem ersten Baum beugte sie sich von Krämpfen geschüttelt nach vorn. Mit einer Hand nach Halt suchend, mit der anderen die langen Haare zurückhaltend. Auf den Schuhen eine gelbe klebrige Flüssigkeit. Einmal. Zweimal. Dreimal. Sie konnte nicht aufhören. Plötzlich schnürte sich ihr Hals von innen zu, und während sie verzweifelt nach Luft rang, bewegten sich ihre blau unterlaufenen Lippen, aber sie blieb stumm. Der Gedanke an einen eiskalten toten Fisch.

Endlich schaffte sie es zu husten, einen tiefen Atemzug zu machen, der Krampf ließ sie los. Sie konnte wieder sehen, die Straße, die Autos, sie fand zurück in die Grenzen ihres Selbst, taumelte zu der nahe stehenden Bank.

Ein Mädchen mit Kopfhörern, das mit offenem Mund energisch Kaugummi kaute, sah die kreidebleiche Frau auf sich zukommen und rutschte seufzend zur Seite. Die Frau schien sie nicht zu bemerken.

Sie machte die Augen zu und wandte ihr Gesicht vom Boden zur Sonne. Sie hörte, wie jemand neben ihr aufstand und Schritte sich lustlos über den Kies entfernten. Gleich geht's mir besser, dann bring ich mich am Trinkbrunnen in Ordnung. Alles halb so schlimm, nur noch einen Moment …

»Geht es Ihnen nicht gut? Kann ich Ihnen helfen?«, hörte sie eine besorgte Stimme. Sie öffnete die Augen und sah einer hübschen jungen Frau, die sich zu ihr heruntergebeugt hatte, mitten ins Gesicht.

Sie ist etwa so alt wie die Göre, sie spürte zum zweiten Mal den brennenden Schmerz, der sich von außen in ihr Herz fraß.

»Nein. Danke.« Sie klang aggressiv.

»Sie sind wirklich blass. Wollen Sie nicht wenigstens

einen Schluck trinken?« Sie schaute sie mit echter Fürsorge an.

»Nein, es geht mir schon besser, danke.« Ihre Stimme klang jetzt wärmer. »Mir war nur kurz schlecht. Es geht schon, alles ist gut.« Sie nahm sich zusammen, stand auf, wollte lächeln und ging Richtung Brunnen.

»Auf Wiedersehen«, hörte sie von hinten.

Sie nahm die Taschentücher, tauchte sie ins Wasser und tupfte ihre Schuhe ab. Nach vorne gebeugt, spürte sie einen fremden Blick in ihrem Ausschnitt. Sie schaute nach oben und sah einen Mann in ihrem Alter. Er trug ein gestreiftes Hemd, das über seinem Bierbauch nicht richtig zugeknöpft war. Er putzte sich die Zähne mit schmatzendem Geräusch und musterte sie gierig.

Sie richtete sich mit aller Kraft auf und sah ihm direkt in die Augen. Dann wusch sie sich das Gesicht, ordnete ihr Haar, in aller Ruhe. Sie gurgelte mit Wasser und spuckte es in Richtung des Fremden auf den Boden.

»Sie haben es doch nicht eilig, oder? Ich brauche nur noch zwei Minuten.« Sie schaute ihm in die Augen und lächelte kaum merklich. Dann gurgelte sie weit unten im Hals und spuckte erneut nur knapp vor seinen Füßen aus.

»Auf Wiedersehen, schönen Tag noch«, sagte sie und

ging energisch fort. Als sie um die Ecke des Gebäudes gebogen war, blieb sie stehen und lehnte sich gegen die Mauer.

Hätte ich mir bloß rechtzeitig so viel zugetraut, sie lachte laut über sich selbst. Er hat sich nicht mal getraut, ein Wort zu sagen. Wenn ich das meinem Mann erzähle, wird er mir nie glauben. Ist das die Verwandlung vor dem Tod, von der die Leute reden?

Sie stieß sich von der Mauer ab und ging mit langsamen, vorsichtigen Schritten weiter.

Ich muss es ihnen sagen. Heute. Oder morgen. Wenn ich mich ein wenig beruhigt habe. Sie sollen nicht auch in das Vakuum gezogen werden. Vielleicht ist es für sie nicht so schlimm wie für mich. Die Älteren werden es schon irgendwie verkraften, aber der Kleine … Dann bleibt ihm nur sein Vater. Wird er die kleine Schlampe heiraten, wenn ich tot bin? Er behauptet zwar, er hätte mit ihr Schluss gemacht, aber ich weiß, dass er lügt. Wenn er bei ihr war, ist er immer so glücklich, lächelt sogar, merkt gar nicht, dass er den Duft einer fremden Frau mit nach Hause bringt. Nur nachdem er sie besucht hat, spielt er mit den Kindern. Aber es dauert nie lange, bis seine Liebe zu ihnen wieder verblasst. Seine Liebe zu mir ist schon längst gestorben. Ich hätte mich rechtzeitig scheiden lassen sollen, aber ich hab's nicht übers Herz gebracht. Ich hatte gehofft, dass der langersehnte Sohn ihn davon abhalten würde zu gehen. Und tatsächlich, er ist ja geblieben. Aber … Es wäre besser gewesen, ihn rechtzeitig zu verlassen. Bevor das letzte Kind da war. Mein kleines Bärchen.

Der Schmerz in ihren Brüsten war fast nicht auszuhalten.

Was soll ich denn jetzt machen? Vielleicht ins Kloster gehen? Die Leute sagen, dass Mönch Jakob Wunder vollbringt. Natelas Neffe war hoffnungslos verloren, in anderthalb Monaten hat er ihn wieder auf die Beine gestellt, hat das nicht Guliko gerade erst letzte Woche erzählt? Ich könnte nächstes Wochenende hinfahren. Ich werde alles ausprobieren, auch die Chemo, natürlich. Ein paar Monate oder ein Jahr. Gott Allmächtiger, ein paar Monate …

Sie öffnete die Wohnungstür und trat ins Dunkel. Ohne Licht zu machen, ging sie direkt ins Schlafzimmer.

Solange niemand zu Hause ist, lege ich mich hin. Ich muss mich ausruhen, Kraft sammeln.

Auf dem Nachttisch sah sie das gefaltete Blatt Papier, schnell machte sie die Lampe an. Im Moment des Erkennens der vertrauten Schrift war da wieder die Wüste, alles heißer Sand, die staubtrockene, tödliche Wüste.

»Verzeih mir, aber ich muss ausziehen. Es ist für alle besser so. Ich werde mich um euch kümmern, so gut ich kann.«

Ihr Herz entkoppelte sich von ihrem Körper und fiel als schwerer Stein zu Boden.

Auf Wiedersehen. Das Echo einer leisen Stimme in der endlosen Wüste.

KLEINANZEIGEN

VERKAUFE
35 Jahre altes, gebrauchtes Nervensystem in schlechtem Zustand (Material: Eisen, leicht verrostet). Außerdem werden nicht erreichte Ziele und ein leicht verzögert arbeitendes Gedächtnis angeboten. Nur an fürsorgliche Person!

KURSANGEBOT
Im Fach Einsamkeit. Der Kurs besteht aus folgenden Modulen:

1. Selbstgespräch, Diskussionsführung und Konfliktlösung.
2. Sich selbst loben, ermuntern. Im Notfall über den Kopf streicheln.
3. Die Vorstellung und Auswahl von imaginären Freunden.

Es wird ein international anerkanntes Zeugnis vergeben.

SUCHE
Ruhe. Kann äußerlich abgenutzt, muss aber voll funktionsfähig sein. Preis spielt keine Rolle.

DIENSTLEISTUNGEN
Waschen Kleidung, Gewissen, Geld, Gehirn – beste Qualität und angemessener Preis. Schweigepflicht wird bei uns groß geschrieben!

VERMIETE

Als Patriotismus verkleidete Aggression. Verwendungsmöglichkeit in persönlichen und offiziellen Gesprächen, von privatem Umfeld bis hin zur internationalen Ebene. Für die Verbrechen, die während der Mietzeit begangen werden, übernimmt unser Unternehmen keine Verantwortung!

TAUSCHE

Hoffnungsvolle, helle Zukunft gegen unbefleckte, anständige Vergangenheit. Hand in Hand – ohne Mittelsmänner und Provision.

UNTERRICHTE

Anderen eigene Fehler zuschreiben. Falls sie bei mir nichts lernen, liegt es nicht an mir. Zahlung nur im Voraus!

KAUFE

Klatsch und Tratsch (einzeln oder als eine große Lieferung). Für nagelneuen Klatsch zahlen wir einen angemessenen Bonus. Nutzen Sie die Chance, Ihren Klatsch und Tratsch landesweit zu verbreiten. Vertrauen Sie nicht den dubiosen Firmen. Nur bei uns – beste Preise und volle Garantie auf Verbreitung.

PACHTANGEBOT

Für das Warten. Es ist in jedem Zustand und bei jedem Wetter verwendbar, sowohl indoor als auch outdoor. Während des Schlafs funktioniert es im Automatik-Modus. Die

Funktion »Hoffnung verlieren« ist abgeschaltet. Haltbarkeitsdatum unbegrenzt. Nur noch wenig auf Lager.

VERSTORBEN
Wir geben mit Bedauern bekannt, dass nach langer Krankheit die Wahrheit von uns gegangen ist. Alle, für die sie die eigene war, werden herzlichst zur Beerdigung eingeladen. Den Leichenschmaus organisiert die Firma »Endlich so weit!«

SUCHE
Den Weg, der mich aus diesem Tempel ins Freie bringt.

Die besten Möbel im ganzen Dorf

◆

Die Nachbarin

Tsiala, meine Liebe,

wie geht's dir? Hab von deinen Kindern gehört, das freut mich sehr. Du warst immer eine so tolle Mutter, das konnte gar nicht anders kommen. Sag den beiden schöne Grüße von mir und Hut ab!

Uns geht es wie immer. Lamara stresst uns die ganze Zeit, weil sie zum Studium nach Tbilissi gehen will. Aber du kennst ja Murtaz, er würde sie nie im Leben wegziehen lassen. Aber sie ist genauso stur wie ihr Vater. Also streiten sie sich tagein, tagaus.

Aber warte, ich muss dir unbedingt etwas erzählen: Du kennst doch die Gabritschidze-Familie, die aus der Nachbarschaft. Als du vor drei Jahren bei uns warst, haben wir sie kurz besucht, erinnerst du dich? Sie haben vier Jungs, die Mutter ist ein sehr hübsches Mädchen, Natia heißt sie. Ihr Mann, Otar, kommt aus Tbilissi, so ein großer, knochiger Mann. Weißt du noch? Ihnen ist ein solches Unglück passiert, dass das ganze Dorf sich in Mitleid auflöst. Der Neffe von Natia, Nukri, war vor zwei Wochen bei ihnen zu Besuch. Den hast du doch auch schon gesehen. Ich glaube, er ist jetzt neun. Ein hübscher Bursche, mit blauen Augen, ein bisschen pummelig. Also, da hat der Kleinste, Saba, das Nesthäkchen der Familie, auf einmal die Pistole seines Vaters unter der Matratze hervorgeholt, so nach dem Motto »Schau, was Papa hier versteckt«, und hat sie dem Jungen gegeben. Der dachte, es sei eine Spielzeugpistole, richtete sie auf den Kleinen und schoss, ohne zu zögern. Wahrscheinlich hast du es damals nicht gesehen, als wir bei ihnen waren, wir saßen ja auf der Terrasse draußen, aber sie haben im Schlafzimmer eine weiße Schlafzimmergarnitur aus Rumänien stehen. Die besten Möbel im ganzen Dorf. Vielleicht sogar in der ganzen Region. Otars Schwester hat doch irgendwo in Russland geheiratet, und die hat sie ihnen irgendwann mal geschenkt, geschickt hat sie die. Also, als Nukri geschossen hatte, wurde der arme Kleine auf der Stelle in Stücke zerfetzt. Die weiße Garnitur vom Blut rot gefärbt. Die arme, unter einem schlechten Stern geborene Mutter des Kleinen stürmte ins Zimmer, stieß wohl nur einen Satz aus: »Was hast du nur gemacht, Kindchen, warum direkt ins Herz?«, und knallte wie gefällt auf den Boden. Gott behüte uns! Eine solche Katastrophe! So etwas würde man nicht mal seinem schlimmsten Feind wünschen.

Die Fleischfetzen des Kindes mussten mühsam von Wänden und Möbeln abgekratzt werden. Wir haben den kleinen Engel letzte Woche beerdigt. Die völlig abwesende Natia war ganz erstarrt, sie musste von den Nachbarn zum Begräbnis geschleppt werden.

Gut, ich muss Schluss machen, sonst kommt Murtaz von der Arbeit, und ich hab mit dem Kochen noch nicht mal angefangen.

Schreib mir, sobald du Zeit hast.

Otar

Sie hat wieder die ganze Nacht durchgeweint. Ich bin erst gegen Morgen eingeschlafen und hörte sie immer noch unter dem Kissen schluchzen. Ich wollte sie so gerne umarmen und ihren Kopf streicheln, aber sie lässt es nicht zu. Nie. Weder beschimpft sie mich noch macht sie mir Vorwürfe. Sie schweigt einfach. Sie funktioniert mechanisch, wortlos und präzise wie ein Roboter, macht den Abwasch, wäscht die Wäsche, kocht das Essen. Dabei starrt sie vor sich ins Leere. Manchmal muss ich sie zwei- oder dreimal ansprechen, bis sie aus ihrer Trance erwacht und endlich begreift, dass jemand mit ihr reden möchte. Obwohl … Was sollte es noch zu sagen geben? Wir stehen am Abgrund. Nein, wir sind schon gefallen. Wir sind mitten in der Hölle. Und das alles nur meinetwegen. Ich kann doch Nukri nicht die Schuld geben … *Ich* hätte diese gottverfluchte Knarre woanders verstecken müssen. Oder zumindest die Patronen rausnehmen. Genau deshalb denkt Natia auch, es sei meine Schuld. Sie hat recht. Wenn sie nur etwas sagen würde. Mich beschimpfen. Anschreien. Alles um sich herum kaputtschlagen. Mir das Gesicht zerkratzen oder mit einem Messer auf mich losgehen. Wenn sie das auch nur ansatzweise erleichtern könnte. Aber sie schweigt nur und schweigt und weint jede Nacht. Ich will irgendetwas tun, ich will es ihr abnehmen. Und wenn ich nicht mehr da wäre … Wem helfe ich damit? Wer soll dann die Kinder großziehen? Andererseits, können sie überhaupt noch tiefer fallen, als ich sie habe fallen lassen? Manchmal sehne ich mich so sehr danach, mich einfach abzuknallen. Mit derselben Waffe. Im selben Zimmer …

Natia

Warum schauen mich alle so an? Die Kinder verängstigt, Otar mit diesem flehenden, ständig auf mich gerichteten Blick. Ich bin es leid, ständig diese gekünstelten Seufzer hinter meinem Rücken zu hören, die Arme, die Unglückliche! Was für einen Sinn hat denn ihr Leben noch? Ich ertrage es nicht. Auch nicht das aufgeregte Flüstern hinter vorgehaltener Hand. Niemand kann nachvollziehen, wie ich mich fühle. Diese mir mit krankhafter Neugier folgenden Blicke und geheuchelten Beileidsbekundungen, das falsche Mitleid. Als ob es etwas ändern oder leichter machen würde. Warum verstehen sie nicht, dass ich nicht sprechen will? Keine fremden Tränen sehen will? Tamara sagt, ich solle eine starke Frau sein, einfach durchhalten, nicht zusammenbrechen. Starke Frau! Lächerlich. Ich bin schon längst zusammengebrochen. Ich bin innerlich leer, zusammengefallen, nichts als ein Wrack. Wie sie mir alle auf die Nerven gehen! Nur Nukri nicht. Wenn er mich anschaut, überkommt mich das Bedürfnis, laut zu weinen. Wahrscheinlich verliere ich den Verstand, aber seit es passiert ist, kommt es mir vor, als rieche er nach meinem Saba. Ich atme wie verrückt den Duft seiner Haare ein, während er mit seinen brühend heißen Tränen meine Bluse durchnässt. Seine Tränen enden nicht, genau wie meine. Mein armer kleiner Junge. Und meine Schwester, ihre Wut scheint so unerschöpflich, auch sie findet keine Ruhe. Sie macht dem Kind ständig die Hölle heiß. Das Auto, das ich ihm zum Geburtstag schenken wollte, hat sie nicht angenommen. Und Tamara meint, ich solle nicht zerbrechen. Gott, gib mir die nötige Kraft, um weiterzuleben. Für die Kinder. Auch Otars Anblick verletzt mich so tief. Auch er schläft kaum. Und ich hab es noch kein einziges Mal übers Herz gebracht, mich zu ihm zu drehen oder auch nur ein Wort zu sagen. Bitte, gib mir die Kraft zu leben, Gott Allmächtiger!

Nukri

Es schneit! Wie schön es draußen aussieht, und das so kurz vor Weihnachten. Aber wieso freue ich mich eigentlich? Mama lässt mich sowieso wieder nicht rausgehen, wie letzten Winter … Wenn es nur letzten Winter gar nicht gegeben hätte. Oder mich. Mama hat recht, wenn sie mich verflucht. Ich hätte lieber gleich in ihrem Bauch vergammeln sollen. Ob ich dieses Jahr zumindest den Weihnachtsbaum aufstellen darf? Wie die Jahre davor? Aber wahrscheinlich habe ich es wirklich nicht verdient. Lieber wäre *ich* gestorben. Saba hätte dann an meiner Stelle bei der Schneeballschlacht mitmachen können. Und Mama hätte mit offenen Haaren um mich geweint, und statt mich zu verfluchen, würde sie all die Geschenke, die ich letztes Jahr nicht annehmen durfte, auf mein Grab legen, auch das Auto von meiner Tante. Wenn ich nur von hier verschwinden könnte, weg aus diesem Dorf. Aus diesem Land. Wenn ich irgendwo in Indien bei den Seeräubern sein könnte. Oder auf einem Schiff. Das wäre sogar besser. Ich würde überall hinreisen, wie der Junge aus dem Buch, das mir die Tante geschenkt hat. Wenn sie mich nur nicht so liebhaben würde. Mir wäre viel lieber, sie würde mich beschimpfen und verfluchen wie Mama. Aber sie kann gar nicht fluchen, glaube ich. Trotzdem, sie soll etwas sagen. Etwas Gemeines. Ich mag nicht, dass ihre Augen sich mit Tränen füllen, jedes Mal, wenn sie mich sieht. Zugleich drückt sie mich ganz nah an ihr Herz, dann riecht sie an meinen Haaren und hält mich endlos lange fest. Meine Tante macht nur Mama Vorwürfe: »Lass das Kind in Ruhe! Es ist nicht seine Schuld!« Aber sie soll es besser lassen, denn danach verflucht mich Mama immer noch mehr. Ob sie mich jemals wieder zum Spielen rausgehen lässt? Wenn auch nur in der Nacht, damit mich keiner sieht. Ja, es wäre viel besser gewesen, wenn ich gestorben wäre. Wenn ich jetzt wirklich sterbe, ob Mama trotzdem traurig ist?

Es schneit so schön. Bis morgen wird alles leuchtend weiß sein. Dann wird es donnern, genau wie letzten Winter, aber statt Schnee wird diesmal Blut vom Himmel herunterschneien und alles rot bedecken. Ob sie mich dann zur Schneeballschlacht nach draußen lässt?

Die Nachbarin

Tsiala,

wie geht es dir? Was machen die Kinder? Nugzari hat gestern die schlechte Neuigkeit überbracht, dass eure ganze Familie von einer Grippe befallen ist. Er meinte, ihr liegt alle im Bett, wie in einem Hospital. Ich kenne diese Grippe, erst vor zwei Monaten tobte sie hier bei uns. Die Hälfte des Dorfes lag im Bett. Trinkt viel und versucht, euch zu schonen. Diese verdammte Grippe steckt man nicht so leicht weg.

Du hast wahrscheinlich von Lamaras Umzug nach Tbilissi erfahren. Sie studiert jetzt mit Avtos Tochter am privaten medizinischen Institut. Wir haben ihnen ein gemeinsames Zimmer zur Untermiete bei einer alleinstehenden Dame besorgt und besuchen sie jedes zweite Wochenende, um nach dem Rechten zu sehen. Du weißt ja, was für Gerüchte über Schanidzes Hurentochter verbreitet wurden, dass sie sich in Tbilissi so und so benimmt. Murtaz ist ständig ausgeflippt, weil Lamara uns mit ihrem Studium den letzten Nerv geraubt hat. Nach langem Hin und Her hat er nachgegeben, aber er versucht, sie, so gut es geht, zu kontrollieren. Er hat seinem in Tbilissi lebenden Cousin aufgetragen, auf sie zu achten. Außerdem sind wir, wie die Landstreicher, ständig unterwegs. Ich bin einfach überzeugt davon, dass alles aus der Familie kommt, vor allem bei Artos Tochter. Auch ihre Mutter war in ihrer Jugend keine Heilige, und die Tochter tritt in ihre Fußstapfen, so einfach ist das.

Wann hast du eigentlich vor, uns mal wieder zu besuchen? Du lässt dich hier kaum noch blicken. Komm doch mit der ganzen Familie. Wir hatten eine so gute Ernte dieses Jahr, dass wir euch bis zum nächsten Winter mit Kompott und Konfitüre versorgen können.

Ich muss dir jetzt wieder von Natia erzählen: Du drehst bestimmt durch, wie wir alle, wenn du das hörst. Es verging nicht mal ein Jahr nach dem Tod dieses armen Kindes, als sie wieder einen Jungen zur Welt brachte. Kannst du dir das vorstellen? Das ganze Dorf war außer sich, und das zu Recht! Die Leiche war nicht mal kalt, als diese verfluchten Kreaturen es wieder miteinander trieben. Nicht mal ein Tier macht so was. Sie lief mit solch einem gelösten Gesichtsausdruck und diesem riesigen Bauch herum, als ob sie die Gottesmutter Maria persönlich wäre. Die Menschen sind heutzutage grundlegend verdorben, das sage ich dir!

Übrigens, sie wollten die Schlafzimmergarnitur entsorgen. Sie können ihren Anblick angeblich nicht mehr ertragen, und sie steht jetzt im Keller. Keiner im Dorf wollte sie haben, und ich hab mir gedacht, vielleicht willst du sie? Wir würden sie gleich morgen auf einen

LKW laden und zu euch schicken. Es ist eine gute Garnitur, weiß, sehr teuer. Sie haben sie sauber gemacht, man sieht kaum noch was. Es ist schade, sie im Keller verstauben zu lassen.

Ich muss Schluss machen. Lasst bald von euch hören. Murtaz meinte, eine gemeinsame Feier sei längst überfällig, also richte es deinem Mann aus.

Pass auf dich auf und küsse alle von mir.

Niemanden

◆

Verdammt, ich muss schon wieder aufs Klo. Ich bin aber so geschwächt, dass ich befürchte, unterwegs, wie beim letzten Mal, zusammenzubrechen. Wie lange ist es eigentlich schon her? Ich zähle die Tage an meinen abgemagerten Fingern ab. Einen Monat und dreizehn Tage. Seitdem, so scheint es mir, hat sich jedes einzelne meiner inneren Organe zersetzt und wird in kleinen Fetzen von meinem Körper abgestoßen. Ich muss es schaffen aufzustehen, sonst mache ich ins Bett. Vielleicht kommt er bald?

Ich schaue auf die Uhr an der Wand. Er hätte schon längst hier sein sollen, es hat gar keinen Sinn, noch länger zu warten. Aber wenn er kommt, bringt er etwas zu essen mit, erscheint ein Gedanke wie aus dem Nirwana, der direkt zu meinem elendig knurrenden Magen führt. Vielleicht sollte ich bis dahin Tee trinken? Aber allein der Gedanke daran lässt mich würgen. Ich muss es irgendwie schaffen, aufzustehen und wenigstens das Licht anzumachen. Es ist schon dunkel geworden. Vorsichtig schiebe ich die Decke zur Seite, halte inne und schaue auf meine dünnen, blassen Beine.

Langsam, nicht sofort aufstehen. Ich darf nicht wieder ohnmächtig werden. Alles dreht sich. Mir ist schwindlig. Das Blut. Wieviel Blut ich wohl schon verloren habe? Egal. Irgendwann werde ich einfach leer sein, dann muss es von alleine aufhören ... Was für einen Blödsinn rede ich da eigentlich?

Mit langsamen Schritten schiebe ich mich an der Wand entlang Richtung Toilette. Im Dunkeln finde ich den Schalter, mache das Licht an und die von der Helligkeit geblendeten Augen zu. Dann, an der Türklinke hängend, suche ich den Raum durch bunte, sich drehende Kreise hindurch nach dem Spiegel ab. Ich sehe beschissen aus, denke ich, nehme mich selbst nur wie durch tausend Filter wahr.

Ich will gerade zurück ins Schlafzimmer gehen, als ich den Schlüssel im Türschloss höre.

Das Essen! Mir fällt ein Stein vom Herzen, ich halte mich mit beiden Händen an der Wand fest, um aufrecht zu stehen, wenn die Tür aufgeht.

Er kommt mit schweren Schritten herein, und ein ihm folgender Duft von Essen schwebt durch das Zimmer. Sofort läuft mir saurer Speichel im Mund zusammen. Ich bäume mich auf, stoße mich ein wenig von der Wand ab und frage ihn mit unverständlichem, schwachen Murmeln: »Wo hast du so lange gesteckt?«

»Es hat halt gedauert... Bis wir uns unterhalten

haben … Bis wir zu Mittag gegessen haben. Bis ich nach Hause gekommen bin …« Aus dem Nebengebäude, wohlgemerkt.

Aber sobald ich das Wort Mittagessen höre, werden die bunten Kreise vor meinen Augen mehr, die Farben intensiver, alles bewegt sich schneller, und ich schaffe es gerade so bis auf den abgenutzten Sessel neben mir.

»Und? Was gibt's Neues bei Kacha?« Ich versuche mit aller Kraft, den letzten Funken Selbstachtung zu bewahren, und frage nicht nach dem Essen. Vielleicht erinnert er sich von alleine daran. Aber … Er hält nichts in den Händen, und auch seine Jackentaschen sehen nicht aus, als wären sie mit irgendetwas vollgestopft.

»Nächste Woche gibt's wieder einen Job. Sogar für uns beide, aber du schaffst das ja wohl kaum in deinem Zustand.«

Ich kann nicht richtig deuten, ob aus seinem Blick Ironie, Mitleid oder sogar Zufriedenheit spricht.

»Und was ist mit der Krankenversicherung seiner Frau?«

»Ja, danach hab ich auch gefragt, aber er macht's nicht. Er will keinen Ärger.«

Klar doch … Hast gefragt …, kommt mir beinahe gleichgültig in den Sinn.

Scheiß drauf. »Hast du was zu Essen mitgebracht?«

»Ne«, sagt er, ohne mich anzusehen, und zieht seelenruhig die Jacke aus.

»Was soll das heißen?« Mein ohnehin sehr dünner Geduldsfaden reißt endgültig.

Plötzlich vibriert sein Handy in seiner Hosentasche, er nimmt es heraus, scheint eine halbe Ewigkeit zu lesen, was ihm wer weiß wer geschrieben hat. Dann lacht er und tippt drauflos.

Mit zitternden Händen fange ich an, die Taschen seiner auf die Couch geworfenen Jacke zu durchsuchen.

»Lass das! Du wirst eh nichts finden«, höre ich seinen gereizten Ton.

»Nichts? Wie nichts?« Das ist der Tiefpunkt. Wegen des Hungers, der Krankheit, der Wut, wegen der Demütigung.

Aus meiner Kehle dringt ein befremdliches Geräusch. »Du hättest ruhig einen beschissenen Vorschuss nehmen können! Oder zumindest ein Stück Brot aus seiner Küche klauen, du Idiot!«

»Was heißt hier Brot klauen? Ich bin doch kein Penner.« Jetzt schreit er mich an.

»Ja, stimmt! Du bist kein Penner. Du bist eine fette, gewissenlose Drecksau! Seit anderthalb Monaten verblute ich hier, seit über einer Woche hungere ich, und er frisst relaxed bei seinem Kumpel.«

»Halt's Maul, du Schlampe! Oder meinst du, ich hab

deine Ammenmärchen geglaubt: ›Ich hab nicht abgetrieben. Blabla.‹«

»Du hast recht! Ich hab's gemacht! Und es ist auch gut so. Oder dachtest du wirklich, ich würde das Kind von einem solchen Hurensohn wie dir bekommen?«

Klatsch!

Und die lang ersehnte Ruhe.

»Seit wann haben Sie die Blutungen?«, fragt mich der Arzt mit monotoner Stimme.

»Seit einem Monat und siebzehn Tagen.«

Er hört auf zu schreiben und schaut mich fassungslos über den Rand seiner Brille hinweg an.

»Wieso sind Sie nicht früher hergekommen?«

»Wegen der Krankenversicherung.« Vergeblich versuche ich, den in meinem Hals entstandenen Knoten aus Stacheldraht runterzuschlucken.

»Machen Sie sich darüber erst mal keine Sorgen. Die Versicherungsfragen klären wir später.« Er wendet seinen Blick wieder ab und liest weiter in der Akte.

»Kommt nur Blut raus?«, ist die nächste Frage.

»Nein, nicht nur. Es ist auch … Fleisch dabei«, antworte ich und versuche, den zweiten, noch größeren Knoten runterzuschlucken.

Sein Gesicht friert ein, sein Ausdruck wird noch ernster. Dann nimmt er den Hörer vom Telefon und gibt jemandem den Auftrag, sofort den OP-Saal vorzubereiten.

»Was stimmt denn nicht mit mir, Herr Doktor?«

»Höchstwahrscheinlich sind die Schleimhäute Ihrer Gebärmutter verletzt.«

»Wie konnte das passieren?«

»Unprofessionell durchgeführte Abtreibungen haben oft fatale Folgen.«

»Ausgeschlossen!«

Er sieht mich an, zieht die Augenbrauen über der Brille etwas nach oben. »Sie werden doch keine schweren Hinkelsteine hin und her geschleppt haben wie Obelix?« Ich weiß nicht, ob das ein Scherz sein soll.

»Ich hab drei Monate lang auf einem Bau gearbeitet. Schwarz.«

Auf einmal bin ich wieder dort, mitten auf der Baustelle, hebe den nächsten Eimer voller Bauschutt hoch, habe Staub im Mund, höre die Stimmen … dass ich meinen Arsch schneller bewegen soll, dass ich nicht zu denken brauche, dass es bis zum Mittagessen noch zwei Stunden sind und ich nicht einschlafen soll. Die Sonne knallt, ich schwitze …

»Wann und was haben Sie zuletzt gegessen? Ich muss es wegen der Narkose ganz genau wissen«, holt mich die monotone Arztstimme zurück.

Ich überlege.

»Zuletzt?« Wieder der saure Geschmack in meinem Mund. »Ich habe gestern Abend Tee getrunken.«

»Sind Sie auf irgendetwas allergisch?«

»Nein.«

Während der Arzt mir andere, mein Sexualleben betreffende Fragen stellt, die mich ein wenig in Verlegenheit bringen, misst eine aus dem Nichts aufgetauchte Schar von Arzthelferinnen meinen Blutdruck, rasiert mir den Intimbereich, steckt mir schmerzhaft eine Infusionsnadel in die Vene und schiebt mich, auf einem weißen Krankenhausbett liegend, durch Gänge in Richtung OP-Saal. Kleine, grelle Lichter laufen an der Decke über mir vorbei, eines nach dem anderen. Wann bekomme ich nach der OP was zu essen?, denke ich.

Plötzlich spricht mich ein Mädchen an, das in schnellem Tempo mein Bett begleitet und mit irgendwelchen Papieren hin und her wedelt. Sie ist vielleicht so alt wie ich. Sie fragt mit einer angenehmen, ja, sogar freundlichen Stimme:

»Wen sollen wir benachrichtigen, während Sie operiert werden?«

»Niemanden«, antworte ich. Durch die Tränen sehen die Deckenlichter jetzt verschwommener aus. Und schöner. Fast lebendig.

»In Ordnung. Und wen sollen wir im Falle Ihres Todes in Kenntnis setzen?«

Wir haben angehalten, mein Bett steht still, sie wartet mit Kugelschreiber und Papieren in der Hand freundlich lächelnd auf meine Antwort.

»Niemanden«, wiederhole ich leise. Meine Schläfen werden feucht und die Deckenlichter wieder klarer.

Der Vogelkäfig

◆

»Guten Morgen, meine Liebe!« Eine gezuckerte Stimme begrüßte sie am Telefon.

Sie summte im Halbschlaf und versuchte aufzuwachen.

»Was ist? Hast du mir wieder die ganze Nacht Gedichte geschrieben?« Aus dem Hörer ertönte ein Lachen.

Auch sie musste lachen.

»Ist gut, Schätzchen, werd erst mal wach und hüpf in einer Stunde rüber zur Ecke.«

Sie setzte sich mit geschlossenen Augen auf und lächelte. Gleichzeitig verspürte sie eine angenehme Schwere im Bauch. Das Kribbeln formte sich langsam zu einem Gedanken, bald würde sie ihn sehen.

Kurz darauf stand sie vor dem Spiegel, hellwach, und probierte kritisch ein Kleid nach dem nächsten an. Nein, darin sehe ich dick aus. Sie blickte zweifelnd auf ihren dürren Körper. Und ich habe eine Hühnerbrust. Am besten einfach Jeans und T-Shirt. Sie zog die abgenutzte Jeans an und atmete erleichtert auf.

Scheiße, wieso ausgerechnet jetzt? Sie näherte sich

dem Spiegel, wischte den Staub von der Oberfläche und schaute verärgert auf den kleinen Pickel mitten auf ihrer Nasenspitze. Als sie sich an all die Süßigkeiten erinnerte, die sie am Abend zuvor in sich reingefressen hatte, bekam sie schlechte Laune. Geschieht mir recht. Wenn ich so weitermache, seh ich bald so aus wie meine Tante. Der 150-Kilo-Körper legte sich über ihr eigenes Spiegelbild, sie wurden eins. Ab morgen höre ich auf zu essen. Zugleich versuchte sie, den Pickel mit reichlich Puder zu überdecken.

Wie immer war sie zuerst da. Er verspätete sich andauernd. Schon von Weitem sah sie, wie er sich mit entschuldigender Geste, aber auch irgendwie komisch taumelnd ihrem Treffpunkt näherte.

Sie küsste ihn zur Begrüßung und atmete tief ein.

»Schade, schade … Ich hatte eine so tolle Überraschung für dich vorbereitet, aber daraus ist leider nichts geworden.«

»Was für eine Überraschung?«, fragte sie, wurde rot, und ihr Herz schien ihr vor Aufregung aus dem Brustkorb zu springen.

»Ist doch egal jetzt. Hat nicht geklappt, ich hätte es dir gar nicht erzählen sollen! Ich renne wie ein Hund seit heute Morgen in der Gegend rum, um die nötige Kohle zuammenzuleihen, aber es reicht nicht, keiner hilft einem. Alle tun so, als wären sie genauso pleite wie ich. Diese verlogenen Bastarde!« Irgendwie schwang ein falsches Pathos in seinem Monolog mit, als er dann auch noch demonstrativ auf die Erde spuckte.

»Sag doch, sag, was es ist!« Sie schmiegte sich an seinem Arm.

»Ich wollte dich an einen ziemlich tollen Ort mitnehmen.«

»Aber ich habe Geld. Hab ich doch zum Geburtstag geschenkt bekommen und noch nicht ausgegeben.«

»Warte, nein, so geht das doch nicht.« Er schüttelte sie gespielt von seinem Arm ab.

»Und warum nicht? Ist doch egal, wessen Geld es ist. Hauptsache, wir haben es schön. Und außerdem, ich brauche es ja gar nicht. Für was soll ich es ausgeben? Ich brauche es überhaupt nicht«, sagte sie und meinte es genau so. Das Bild der neuen Turnschuhe wischte sie weg, es war ihr wirklich egal.

»Wie viel brauchen wir denn?«, fragte sie hoffnungsvoll.

»Was heißt, wie viel? Je mehr, desto besser. Geld kann man nie genug haben«, lachte er und legte seinen Arm um ihre Schulter. »Wir könnten noch ein paar Leckereien kaufen und was zu trinken.«

»Verstanden. Warte hier.«

Sie küsste ihn auf die Wange und lief zurück nach Hause.

Mit strahlendem Lächeln kam sie zurück, wedelte mit dem Geld: »Reicht das?«

Er lachte laut, sie liebte das. »Klar doch. Das reicht ja sogar für Champagner und Delikatessen.«

Er zählte die Geldscheine mit angefeuchtetem Daumen und ließ sie dann in seiner Hosentasche verschwinden.

Sie kauften zwar keine Delikatessen, dafür aber Sekt und Süßigkeiten, hielten ein Taxi an und stiegen ein. Das Mädchen machte es sich bequem. Dem neugierigen Blick des Taxifahrers entzog sie sich, indem sie ihr Gesicht abwandte und es in seinem Kragen vergrub. Sie war auf eine längere Fahrt eingestellt und wunderte sich, als sie schon kurze Zeit später vor einem unscheinbaren grauen Gebäude anhielten.

»Soll ich aussteigen?«, fragte sie verunsichert, und ihre Handflächen wurden feucht.

»Ja, raus mit dir. Oder willst du ohne mich weiterfahren?«

Sie stieg wie gelähmt aus. Er bezahlte den Fahrer.

»Warte hier!«, sagte er, drückte ihr die Tüte mit dem Sekt in die Hand, öffnete das schwarze quietschende Tor und verschwand in den Hof. Ihre Handflächen wurden noch feuchter. Die schwere Tüte nahm sie von einer in die andere Hand. Dann hörte sie Stimmen, sein zufrieden lächelndes Gesicht erschien im Tor. »Komm, hereinspaziert!«, rief er ihr zu. Ihr die Tüte abzunehmen vergaß er vermutlich vor Aufregung.

Sie ging hinein und schaute sich vorsichtig um. Große hölzerne Balkone, eine Tür neben der anderen, aussortierter Plunder auf einem Balkon, ein leerer Vogelkäfig auf einem Karton. Am Treppenansatz stand eine Frau mittleren Alters mit einem bunten Kopftuch und abgenutztem Bademantel. Sie durchbohrte das Mädchen mit einem so dornigen Blick, dass sie schüchtern die Schulter hochzog und sich hinter seinem Rücken versteckte.

»Komm mit«, sagte er, ohne sich nach ihr umzudrehen, und stieg die knarzende Treppe hinauf. Die Frau richtete unter Gemurmel ihr Kopftuch und ging mit Verachtung im Blick in den Hof hinunter. Er öffnete eine der Türen mit einem Schlüssel, den er aus seiner Hosentasche zog, und führte das Mädchen in den abgedunkelten Raum. Ihr Herz klopfte so laut, dass sie glaubte, sogar die Frau im Hof könnte es hören. Sie stellte die Tüte auf den Tisch und rieb sich die geröteten Finger. Als sich ihre Augen an die Dunkelheit gewöhnt hatten, sah sie ein Bett, einen Tisch, zwei Stühle, eine kleine Kommode, auf der eine kleine Lampe stand. Die dunklen Gardinen waren zugezogen. Auf der linken Seite eine halb offene Tür, die in ein noch dunkleres Badezimmer führte. Er schloss das Zimmer ab.

»Setz dich!«

Er lächelte das vor Anspannung bleiche und irgendwie aus der Fassung geratene Mädchen breit an. Gleichzeitig packte er die Tüte aus und stellte den Sekt auf den Tisch.

»Vielleicht können wir die Gardinen aufziehen? Hier drin ist es ziemlich dunkel«, sagte sie leise, und ihr wurde das Herz wie von einer fremden Hand zusammengepresst.

»Gut. Kein Problem, ganz wie du willst«, antwortete er übertrieben entspannt und zog die Vorhänge ein Stück zur Seite. »Reicht doch, oder? Sonst kommt die Hitze rein, und wir ersticken.« Er lachte, schaute sie an. »Ist doch außerdem besser so. Im Halbdunkel.« Er sagte das leiser und lächelte ununterbrochen. Plötzlich war sie erleichtert und lächelte auch. Sie erinnerte sich an die schlaflosen Nächte, die unzähligen Briefe, Worte, Gedichte, an die Zukunftspläne …

»Ja, stimmt«, sagte sie beruhigt und legte ihre Tasche auf den Stuhl.

»Ich hab die neuen Gedichte mitgebracht. Ich lese sie dir gleich vor …« Sie holte ein handbeschriebenes und mit Herzen versehenes Heft hervor.

»Ja, mach das. Aber erst trinken wir.«

»Trink du ruhig. Ich mag gar keinen Sekt.«

»Warte! Hättest du das nicht vorher sagen können?«, fragte er gereizt und öffnete den Sekt geräuschlos.

»Macht doch nichts. Ich will sowieso nichts trinken.« Sie fühlte sich unsicher und zog die Schultern hoch.

»Egal. Was stehst du da wie ein Straßenschild? Komm, setz dich.« Er grinste sie von unten an und füllte seinen Plastikbecher mit Alkohol. Dann brach er die Schokolade in Stücke und hielt sie ihr hin. Schließlich setzte sie sich, vor Spannung kerzengerade wie eine Ballett-tänzerin, und begann, schüchtern aus dem Heft vorzulesen. Ihr Mund war total ausgetrocknet, sodass sie nach jedem zweiten Wort unterbrechen musste, um zu schlucken. Er füllte den zweiten Plastikbecher und hielt ihn ihr mit mühsam überspielter Gereiztheit unter die Nase:

»Nimm doch einen Schluck. Du erstickst ja.«

Das Mädchen schaute ihn eingeschüchtert an und sah seinen Blick, der anstatt auf ihre Augen auf ihre Brust gerichtet war.

»Danke. Ich möchte nicht.« Eine ungeheure Last legte sich wieder auf ihr Herz, sie wusste nicht, warum, aber am liebsten hätte sie geweint.

»Zieh doch dein T-Shirt aus. Ist dir nicht heiß?«

»Nein. Ist es nicht.« Sie versuchte, die Tränen in den Augen zu halten, nicht zu blinzeln, und plötzlich schwitzte sie wirklich.

»Aber schau dich an, du glühst doch«, sagte er leise in verändertem Tonfall und streichelte ihre Wange.

»Mir ist nicht heiß.« Sie entzog sich ihm.

»Egal. Dann ist es eben nicht heiß. Zieh dich doch einfach für mich aus. Los, was ist eigentlich los mit dir? Liebst du mich auf einmal nicht mehr?« Er machte ein beleidigtes Gesicht.

»Natürlich liebe ich dich.«

Ihr war zum Heulen zumute.

»Dann zieh dich aus und lass mich dich anschauen. In alten Zeiten führte man die Bräute in die Bäder, da ist doch nichts dabei. Lass mich doch auch sehen, wen ich vorhabe zu heiraten.«

Er schaute sie mit möglichst ehrlichem Ausdruck an, diesmal trafen sich ihre Blicke. Das Mädchen wandte sich ab, blätterte das Heft durch.

»Lass mich doch die Gedichte zu Ende vorlesen. Sonst schaffen wir es nicht.« Sie traute sich nicht mehr, von ihrem Heft aufzuschauen, es war ganz still, sie merkte nur, dass er sich zusammenreißen musste, um nicht die Fassung zu verlieren.

»Deine Liebe besteht also nur aus Gedichten.« Verächtlich schnaufend lehnte er sich zurück. »Und du willst anscheinend nicht wirklich mit mir zusammen sein.«

»Doch!« Ihre Stimme bekam endgültig einen Riss.

»Sieht aber nicht so aus. Du sitzt da und trägst deine Gedichte vor, als seien sie fürs Radio. Aber im Grunde genommen ist alles meine Schuld. Ich wusste ja eigentlich von Anfang an, dass du zu klein und zu dumm bist. Ich hätte mich nicht auf dich einlassen sollen. Gut. Dann lass uns von hier abhauen und wieder händchenhaltend wie Zweitklässler durch die Straßen ziehen.«

»Ich bin nicht klein. Und auch nicht dumm.« Sie spürte einen heftigen inneren Widerstand.

»Wenn das so ist, dann hör auf rumzuzicken, und zieh das verdammte T-Shirt aus. Lass mich dich zumindest anschauen, wenn ich dich schon nicht anfassen darf.«

Das Mädchen atmete ein paarmal tief ein und zog hektisch das T-Shirt aus, dann bedeckte sie die kleinen Brüste mit dem aufgeschlagenen Heft. Sie sah ihn nicht an, sie konzentrierte sich auf ihre Knie. Sobald ihr Atem sich ein wenig beruhigt hatte, nahm sie das Heft weg, legte den freien Arm über die Brust und las mit zitternder Stimme weiter. Er hatte sich aufgesetzt, begann, neben ihr auf seinem Stuhl hin und her zu rutschen.

»Ist gut. Es reicht doch langsam, oder? Du kannst sie mir auch in einem Park vorlesen, jetzt haben wir nicht so viel Zeit. Nimm lieber die Hand da weg.« Er kam näher, seine feuchten Finger berührten ihre Haut. Er versuchte, ihren Arm wegzuschieben.

»Warum haben wir nicht so viel Zeit?« Sie zog ihren Körper zurück, wie eine Schnecke sich in ihr Haus verkriecht.

»Verdammt! Was für eine dämliche Kuh du bist! Wir haben doch nicht wegen deinen verkackten Gedichten so viel Kohle verballert. Ich hab zu Hause drei Regale voll mit Gedichten, und wenn ich was lesen will, werde ich die lesen. Komm jetzt her, verdammt noch mal.« Er packte sie an ihrem dünnen Handgelenk und zerrte sie gewaltsam aufs Bett.

»Ich will nicht. Lass mich los.« Ihr Herz schien endgültig zu platzen. Er legte sich mit seinem ganzen Gewicht auf sie und begann mit schwitzenden Fingern, ihre Hose aufzumachen.

Sie wollte schreien. Statt ihrer Stimme entwich dem ausgetrockneten Hals nur ein Röcheln.

»Tu nicht so, als wärst du 'ne Heilige, du blöde Hure! Was bildest du dir eigentlich ein?« Ihre Hose war jetzt offen, und er drückte sie schwer keuchend nach unten. Sie schrie, versuchte, ihn zu beißen.

»Halt's Maul, du Nutte, treib nicht das ganze Viertel zusammen.« Er presste seine Hand auf ihren Mund.

Sie winselte. Aus ihren zur Decke starrenden Augen kamen Tränen. Er machte seine Hose auf. Sie nutzte den Moment, als er seine Hand ein wenig lockerte, und biss ihn in den Finger.

»Fick dich, Schlampe!« Er drehte endgültig durch und riss an ihrer Unterhose, sabbernd vor Wut.

»Mein Bruder bringt dich um! Lass mich los! … Bitte!

Bitte, lass mich in Ruhe. Sie werden dich verhaften. Ich erzähl alles meiner Familie. Lass mich los …« Sie änderte den Ton, sie flehte ihn an, drohte ihm, schrie aus voller Kraft, bettelte um sein Verständnis. Gleichzeitig versuchte sie, sich von dem auf ihr liegenden schwitzenden Körper zu befreien.

»Warte mal! Hast du noch nie gevögelt?« Er hatte einen Geistesblitz und richtete sich ein wenig auf, das erste Mal seit Minuten hielt er inne.

»Was? Was hab ich nicht?« Sie streckte die Arme durch, versuchte, sich zu schützen, zur Wand zu rutschen.

»Bist du noch Jungfrau, du beschissene Nutte?«

»Was denn sonst?« Sie wünschte sich zum ersten Mal den Tod.

»Scheiße! Du abgefuckte Schlampe! Willst du mich verarschen? Willst du, dass ich in Schwierigkeiten gerate?!« Er sprang auf, zog seine Hose hoch und ging zur Toilette. »Zum ersten Mal zahle ich Kohle dafür, mir einen runterzuholen. Scheiße!« Er spuckte wütend ins Klo und machte die Tür nur halb hinter sich zu.

Sie zog sich schnell an, nahm den Schlüssel aus der Hosentasche der auf den Boden gefallenen Jeans, machte die Tür hastig auf und stürzte auf den Balkon, den Schlüssel ließ sie stecken. Das Licht blendete sie, und ihr wurde schwindlig. Sie lehnte sich an das Geländer und trocknete ihre von kaltem Schweiß bedeckte Stirn mit der eisigen Hand ab. Die Frau mit dem Kopftuch erschien unten im Hof. Sie schleppte einen vollgestopften Wäschekorb zum Wasserhahn und fing an, halbherzig die Wäsche zu waschen, gleichzeitig beobachtete sie das Mädchen. Aus dem Zimmer drangen das Klirren der Flaschen und das Knistern von Papier, der Schlüssel wurde aus dem Schloss gezogen. Mit der Tüte in der Hand kam er raus auf den Balkon. Er setzte die Sonnenbrille auf und rief der Frau im Hof zu: »Der Schlüssel liegt auf dem Tisch«, dann warf er dem Mädchen ein »Gehen wir!« entgegen und ging die Treppen hinunter. Ihr war schlecht, sie taumelte hinter ihm her, ihre Beine wollten nicht gehorchen, ganz so, als verließe sie nach langer Krankheit zum ersten Mal wieder das Bett. Nach ein paar Schritten wurde ihr schwarz vor Augen, ihr Kreislauf war kurz davor, zusammenzubrechen. Als sie sich auf eine Stufe setzen wollte, sah sie, wie die neugierige Frau mit ihrem Wäschekorb energisch in ihre Richtung eilte. Also versuchte sie, sich zu beherrschen, und ging hochkonzentriert weiter die Treppe hinunter. Vor dem Tor sah sie ein Taxi, in das er stieg. Als er sie sah, hielt er inne, schaute sie ein paar Sekunden lang schweigend an und fragte dann:

»Soll ich dich irgendwo absetzen?«

»Nein, es geht schon.«

»Gut. Dann fahre ich. Sei ein braves Mädchen. Ich

hoffe, du bist nicht wirklich so dämlich, jemandem etwas davon zu erzählen.«

Er schaute sie drohend an, mit einem Anflug von Ekel, dann knallte die Autotür zu.

Sie ging weiter, mit Gliedern wie aus Gummi. Sie spürte nichts außer Leere. Irgendwann hielt sie auf einer Brücke an. Sie schaute auf das langsam dahinströmende grüne Wasser. Es stank in der Hitze. Sie machte ihre Handtasche auf, um das Gedichtheft herauszuholen, sie wollte es zerreißen, in tausend Stücke, sie wollte alles in diesen stinkenden Fluss werfen. Ich habe es auf dem Bett liegen lassen, dachte sie ruhig. Sie erinnerte sich an die Frau mit dem alten Bademantel und an den leeren Vogelkäfig.

Wir sind eins

◆

Ich sitze im Zug, wie so oft in den letzten Jahren. Vor mir sitzt du und lächelst mich an. Es ist sehr heiß. Bald sind wir da, diesmal ist es Bonn. Obwohl ich überhaupt keine Lust auf die ganze Sache habe. Es ist die fünfte Prüfung allein in diesem Monat, die ich anstelle von anderen schreibe. Das Geschäft läuft gut. Und es ist immer gleich: Jemand ruft mich an, über den Preis wird selten verhandelt, dann muss der Pass gefälscht werden, ich muss ein paar persönliche Angaben lernen, nichts Besonderes. Routine eben. Mal bin ich zwanzig Jahre alt, am nächsten Tag fünfundzwanzig, manchmal siebenundzwanzig. Ich heiße Nino, Eka und Tina, komme aus Kachetien, Imeretien und Tbilissi, will Germanistik, Musik und Mathe studieren. Sobald ich die obligatorische Sprachprüfung an einer Uni bestehe, wird mein anderes Ich ein Visum bekommen, darf studieren oder arbeiten und kann die Familie in Georgien ernähren.

Neben mir auf dem Sitz liegt mein alter Rucksack, darin die gefälschten Pässe. Auf dem Tisch zwischen uns falten meine Hände den Reiseplan auseinander.

»Welche ist eigentlich die Endstation?«

Ich brauche einige Augenblicke, um mir einen Überblick zu verschaffen.

»Luxemburg …«

»Wollen wir nicht einfach weiterfahren?« Du schaust mich herausfordernd an, eigentlich ist es eine rhetorische Frage, denn wie ich uns kenne, haben wir es schon beschlossen.

Ich hab sowieso keinen Bock auf diese Stadt. Außerdem haben wir ausnahmsweise mal genug Geld. Also bleiben wir sitzen, als der Zug hält. Großeltern, die ihre Kinder und Enkel begleitet haben und nun wie nach der Ebbe am Strand zurückgelassene leere Muscheln auf dem Bahnsteig zurückbleiben. Frisch verliebte, händchenhaltende Paare mit wehmütig wässrigen Augen. Große und kleine bunte Gepäckstücke werden, ganz unterschiedliche Geräusche erzeugend, in verschiedene Richtungen gerollt. Auf dem Bahnsteig ist viel los, einige fahren, andere bleiben. Dann fällt die Sonne wieder durchs Fenster, wir lassen die Leute am Bahnsteig hinter uns, bald die ganze Stadt.

* * *

Es ist schon spät, halb zwölf, und es regnet in Strömen. Ich stehe auf dem Platz hinter der Kirche, ungefähr hundert Meter von unserem Wohnheim entfernt.

Ich glaube zwar nicht an Gott, aber meine verzweifelten Anrufungen wiederhole ich trotzdem mechanisch.

Der Anruf kam gegen Mittag, als wir gerade im Park herumlagen und die Sonne genossen. In der Nähe spielte jemand Reggae-Musik, die perfekt zu unserem tadellos gedrehten Joint passte. Du wurdest ganz blass, als du die Stimme am anderen Ende der Leitung hörtest. Ich begriff sofort, worum es ging. Wir schuldeten fast all unseren Freunden, Bekannten und entfernten Bekannten Geld. Wir waren unsterblich verliebt ineinander, verbrachten jeden Tag und jede Nacht, fast jede Minute zusammen. Das Einzige, was wir wollten, war, unsere Liebe und das Leben in vollen Zügen genießen, ohne Verpflichtungen, Verantwortung und ohne viel nachzudenken. Natürlich arbeiteten wir nicht, nicht wirklich, sondern zogen von einer Stadt in die nächste, übernachteten, wo uns die Nacht gerade einholte, nahmen haufenweise Drogen, tanzten die Wochenenden durch, kifften, tranken, liebten uns und waren uns sicher, es würde für immer so weitergehen.

Und jetzt dein entgeisterter Blick: »Ihr Vater ist gestern verstorben. Sie will mit dem nächsten Flieger nach Georgien. Sie braucht alles, die ganze Summe, bis morgen früh.«

Ich spürte, wie aus meinem von der Sonne geröteten Gesicht das Blut entwich.

»Wie viel?«, fragte ich dich, obwohl ich die Antwort eigentlich gar nicht hören wollte.

»Sechshundert Euro«, antwortetest du langsam, und ich wusste sofort, dass das zu viel war, viel zu viel. Eine so hohe Summe würde uns niemand leihen, nie im Leben. Wir versuchten trotzdem alles. Nach Dutzenden, fast immer gleich enttäuschend ablaufenden Anrufen überkam mich eine solche Erschöpfung, dass ich mich auf das unnatürlich grüne Gras im Park legte und zwei Stunden lang fest, aber unruhig schlief. Ich träumte Fürchterliches, fühlte mich, als ob ich ein verfaulter Apfel wäre und unendlich viele kleine Tierchen mich auseinanderrissen, stückweise in ihren Bau schleppten, um mit meinem von Würmern durchlöcherten Körper ihren Hunger zu stillen. Ich wachte weinend auf. Du schafftest es nur mit großer Mühe, mich zu beruhigen.

Unser Plan ist miserabel. Es ist nicht einmal ein richtiger Plan. Du willst in einem Café einer Bedienung das Portemonnaie mit hoffentlich den ganzen Tageseinnahmen aus der Hand reißen, sobald sie irgendeinen Tisch draußen abkassiert, dann blitzschnell durch die schmalen Nebenstraßen in meine Richtung rennen, mir das Geld zustecken und dann weglaufen, bis dir niemand mehr folgt. Du kennst dich im Viertel gut aus, bist in Topform, läufst schnell und, was noch wichtiger ist, einen anderen Ausweg sehen wir nicht.

Es kommt mir so unwirklich vor, als wir diesen Plan tatsächlich umzusetzen versuchen und ich dem in der letzten halben Stunde flüchtig einstudierten Ablauf folgend in der Dunkelheit warte. Du bist gerade gegangen. Der schöne Tag hat sich gewandelt, es regnet und ist kalt geworden, ich bin völlig durchnässt.

Du kommst noch einmal zu mir zurück, obwohl es so nicht vorgesehen war.

Auch du bist klitschnass. Deine lange braune Strickjacke, die ich dir erst vorgestern in Luxemburg gekauft habe, ist von der Feuchtigkeit so schwer, dass ich glaube, es muss dir wehtun, sie auf deinen Schultern zu tragen.

»Was ist los?«, frage ich dich erschrocken.

Du lächelst mich an, bist kreidebleich und umarmst mich.

Deine Strickjacke riecht nach Regen und deinem zerdrückten Kopfkissen am Morgen.

Ich zittere.

»Alles wird gut«, sage ich dir, es klingt noch unsicherer, als ich befürchtet hatte.

Ich spüre, dass etwas nicht stimmt. Dass es falsch enden wird.

Jetzt gehst du endgültig und wirst nach ein paar Schritten von Dunkelheit und Regen verschluckt. Um dir nicht hinterherzurennen, schließe ich die Augen und beginne langsam zu zählen.

Und dann höre ich plötzlich den Aufschrei, brechendes Geschirr, kurz darauf aufgeregte, laute Stimmen.

Ich tauche aus der Dunkelheit auf, und die unwirkliche Nacht ist noch schwerer zu fassen.

Du liegst auf dem nassen, schlammigen Boden, das kreidebleiche Gesicht nach unten blickend, auf dir sitzen drei aufgebrachte, kräftig gebaute Männer und verdrehen dir die Arme hinter dem Rücken. Um dich herum stehen Menschen und fuchteln erregt mit den Händen.

Auch ich setze mich auf den Boden. Ich bin ohnehin genauso nass wie deine Strickjacke.

* * *

Luxemburg ist eine tolle Stadt. Es ist bloß höllisch heiß.

Wir steigen im besten Hotel ab, haben noch immer nur den alten Rucksack dabei.

Auf dem großen Platz sind Dutzende in Weiß eingedeckte und überdachte Tische aufgereiht, blaues Geschirr glänzt in der Sonne, ein Orchester spielt.

Mir kommt es vor, als ob jetzt alles möglich wäre und alles nur für uns existierte. Die ganze Welt liegt uns zu Füßen. Ich lache über meinen Hochmut. Du schaust mich an und lachst auch.

Schon nach ein paar Tagen haben wir das ganze Geld ausgegeben und müssen das Hotel verlassen. Es reicht nicht einmal ganz, für den letzten Tag muss noch bezahlt werden. Den Rucksack mit den gefälschten Ausweisen lassen wir zusammen mit meinem richtigen Pass als Bürgschaft im Hotel und schlafen abends auf einer langen Holzbank in einem Park. Es ist ein sehr schöner Park. Kleine bunte Blumen schimmern im schwachen Licht der Laternen, wie Glühwürmer schweben die Blüten in der Nacht.

Morgens wachen wir hungrig auf, die Luft ist noch sehr frisch. Ich spüre jeden Balken der Holzbank unter meinem müden Körper. Wir suchen die Stadt nach der billigsten Möglichkeit ab, etwas zu Essen zu bekommen, kaufen mit den letzten drei Euro zwei kleine Portionen Pommes an einer abgelegenen Bude. Die Sonne geht auf, es wird warm, und ich erinnere mich an gestern, sehe hoch in den blauen Himmel und dann zu dir. Die Welt liegt uns wieder zu Füßen, ich bin glücklich.

Gegen Mittag rufen wir einen Freund in Deutschland an, nach langem Überreden überweist er das Geld fürs Hotel und die Rückfahrt.

Ich will noch immer nicht nach Bonn, habe keine Lust mehr auf die ewigen Prüfungen und den ganzen Scheiß.

Ich will einfach nach Hause.

* * *

Die Polizei ist schnell da. Dir werden Handschellen angelegt. Ich höre, wie du mir etwas auf Georgisch zurufst, ohne den Kopf zu mir zu drehen: »Lass dich nicht blicken! Hörst du? Lauf nach Hause!«

Aber ich renne dem Polizeiauto hinterher, immer schneller, ich darf sie nicht verlieren, auf keinen Fall. Die Stadt rauscht an mir vorbei, die Neonlichter werden von den Regentropfen absorbiert, auch die unzähligen Pfützen, durch die ich einfach hindurch renne, sehen irgendwie schön aus, so bunt und unbeschwert. Gott sei Dank, sie fahren langsamer, ich schaffe es, etwas aufzuholen. Die Straßen sind überfüllt, es ist Wochenende. Sie werden wieder schneller. Ich ramme ständig gegen Menschen, renne irgendwelche Sachen um, werde an einer Kreuzung fast von einem Auto angefahren. Die Reifen quietschen auf dem nassen Asphalt. Ein kurzer Blick zum Fahrer. Ich laufe weiter, ich muss hinter-her.

Trotz aller Anstrengungen bin ich nicht schnell genug und verliere das Auto aus den Augen. Meine Lunge sticht, ich kann kaum noch atmen, muss mich beruhigen, werde panisch. Aber ich glaube immerhin zu wissen, zu welcher Polizeistation man dich gefahren hat.

Nach ein paar Minuten tauche auch ich dort auf, völlig verschwitzt und durchnässt, zum Glück hast du mir vorher deinen Pass gegeben – man weiß nie, sagtest du. Ich reiche ihn dem Polizisten.

»Sie dürfen ihn noch nicht sehen.«

Bestimmt brauchst du einen Anwalt.

Der diensthabende Polizist nimmt einen Anruf entgegen, und ich schleiche mich blitzschnell zu einer Glastür gleich um die Ecke.

Ich kenne mich aus, auch ich habe mal dort gesessen, als ich vor langer Zeit mit Drogen erwischt wurde. Ich weiß, dass man von innen nichts sehen kann. Aber ich sehe dich, wie du da ganz alleine sitzt, den hängenden Kopf in zitternde Hände vergraben.

Ich weine still, mit der Stirn an das kalte Glas gelehnt.

* * *

Unser Wohnheim. In der gemeinsamen Küche sitzt die ganze Clique, alle unsere georgischen Bekannten. Ich drücke mich leise und unbemerkt wie ein Schatten an ihnen vorbei in unser Zimmer, werfe meine klitschnassen Klamotten auf den Boden, schnappe mir ein Handtuch, schleiche genauso leise in das Gemeinschaftsbad und stelle mich unter den brühend heißen Wasserstrahl der Dusche. Ich will mich im Wasser auflösen, mich mit ihm vermischen, mit ihm fließen, in irgendeinem Abflussrohr enden und einfach nicht mehr da sein.

Es fühlt sich an, als ob ich wieder Entzugserscheinungen habe, obwohl ich längst clean bin. Ich habe seit einem Jahr kein Heroin oder Kokain angerührt. Deinetwegen. Alles andere zählt nicht.

Mir wird abwechselnd kalt und warm, ich muss mich fast übergeben. In meinem Kopf hämmert es. Ich habe das Gefühl, in einem unerträglich hellen Zimmer, unter Tausenden blendenden und glühend heißen Scheinwerfern zu stehen, mit weit aufgerissenen Augen und halb zertrümmertem Schädel. Es ist unerträglich laut hier. Wörter und Satzfetzen, die mit voller Wucht durch den Raum in meine Richtung geschleudert werden, treffen mein ungeschütztes Gehirn und zerquetschen es ohne jede Vorsicht.

Ich weiß nicht, wie lange ich im Bad bin, irgendwann komme ich zu mir und kehre in unser Zimmer zurück, barfuß, auf Zehenspitzen, damit die anderen mich nicht bemerken. Die Tür schließe ich ab.

Dann finde ich die Tabletten in der Nachtkommode, wir haben alles da: welche gegen hohen Blutdruck, gegen Fieber, Schmerzmittel, Beruhigungsmittel. Ich nehme von allem etwas. Was, wenn sie miteinander reagieren und ich sterbe? Ich denke die Frage ruhig, fast gleichgültig. Vielleicht wäre es sogar besser, als sich in Wasser aufzulösen und in einem Abflussrohr zu enden.

Anscheinend war ich doch nicht so leise, wie ich dachte, denn plötzlich klopft es an der Tür, erst vorsichtig, dann auffordernd: »Bist du da? Man, mach auf!«

Wieder das fordernde Klopfen. Dann rüttelt es an der Türklinke. Ich atme nicht, blinzele nicht, bin zu einer leblosen Statue geworden.

Endlich Schritte, die sich langsam von der Tür entfernen bis nichts mehr zu hören ist.

Ich komme zu mir und spüre, dass mein Herz rast, denn auf einmal denke ich an den Pass, hoffentlich ist er nicht nass geworden. Hektisch durchsuche ich die Taschen der nassen Jeans mit vor Angst taub gewordenen Fingern, finde aber nichts. Ich setze mich auf den Boden, starre, auf beide Arme gestützt, die Decke einige Minuten lang an und sehe mich plötzlich wie verrückt lachen.

Ich muss morgen um neun Uhr statt einer anderen Person eine Prüfung in Bonn ablegen, es ist die letzte Möglichkeit, diese Prüfung zu bestehen, das im Voraus gezahlte Geld haben wir in Luxemburg ausgegeben, aber der Pass dieser anderen ist wohl im Wirrwarr dieser Nacht verloren gegangen. Ein fremder Pass mit meinem Foto drauf.

* * *

Das Zimmer im Wohnheim musste ich aufgeben, unser ganzes Hab und Gut hat in zwei Taschen gepasst, die ich in den Schließfächern am Hauptbahnhof eingeschlossen habe. Für zwei Euro pro Tag. Jeden Abend werfe ich eine neue Münze durch den Geldschlitz, um unser ganzes Leben für die nächsten vierundzwanzig Stunden einzuschließen. Bis ich etwas Eigenes finde, kann ich übergangsweise bei deinem Freund auf dem Entresol in seiner Zweizimmerwohnung schlafen. Er ist dein bester Freund, ihr wart immer unzertrennlich, bis ich in deinem Leben aufgetaucht bin. Ich glaube, er mag mich nicht besonders, aber er hat dir versprochen, mir zu helfen, falls dir mal etwas passieren sollte. Das Erste, was ich dort lernen muss, ist, vorsichtig aufzuwachen, um nicht mit dem Kopf gegen die Decke zu stoßen. In die Wand ist ein winziges Bullauge eingelassen, das sich nicht öffnen lässt. Dahinter ist ein Stück Himmel zu sehen. Ich verlasse die Wohnung immer gleich nach dem Aufwachen, ohne zu frühstücken, und kehre nur zum Schlafen zurück. Angst, Ungewissheit, Sehnsucht und Einsamkeit fressen mich von innen auf, während ich ohne dich durch die Stadt streife. Ich habe das Gefühl, der letzte Mensch auf Erden zu sein. Ich habe den anderen letzten Menschen, dich, verloren. Es passiert jetzt immer öfter, dass ich vergesse, wie man atmet. Ich muss dich wieder zu mir holen.

Ich wähle die Nummer meiner Mutter in Georgien. Ich hasse es, ihr Angst einzujagen. Sie versteht natürlich sofort, dass etwas nicht in Ordnung ist, auch wenn ich versuche zu lügen, um ihr weiszumachen, dass sie sich um mich keine Sorgen machen muss. Ich weiß nicht, ob sie mir glaubt, aber sie überweist mir eine größere Summe, die sie sich von ihren Freunden leiht. Mit dem Geld plane ich, den besten Anwalt der Stadt zu engagieren, vereinbare sofort einen Termin mit ihm und versuche jeden einzelnen Tag zu überleben, bis du wieder bei mir bist. Ich hab gelernt, dass jede Stunde, die ich durchhalte, zählt. Dass ich näher zu dir rücke, wenn ich es schaffe, sie vergehen zu lassen.

»Der Tatbestand ist versuchter Raub«, sagt der Anwalt sachlich und freundlich, »ihm kommen zwei Sachverhalte zugute: Er war unbewaffnet und hat keine Vorstrafen. Das Urteil kann auf Bewährung ausgesetzt werden, oder er geht tatsächlich ein paar Jahre ins Gefängnis. Sie müssen auf alles gefasst sein, zumal Ihr Freund leider nicht besonders kooperativ zu sein scheint, das schadet ihm.«

An diesem Morgen scheint kein bisschen Sauerstoff in der Luft zu sein. Mir wird klar, dass ich langsam und qualvoll ersticke, wenn ich nichts unternehme. Mein Herz wird von einer unbezwingbaren Kraft zusammengedrückt, ich verlasse die schick eingerichtete Kanzlei fluchtartig, bleibe atemlos mehrere Minuten auf der Straße stehen und überlege mir, welche Richtung ich am besten einschlagen soll, um mich endlich von dieser unerträglichen Last befreien zu können. Ich schlage wie in Trance den Weg zum Fixpunkt ein, es passiert ganz automatisch, und endlich kann ich aufhören zu denken. Zum ersten Mal nach fast einem Jahr.

Bekannte Gesichter. Unbekannte Gesichter. Der Sozialarbeiter schaut mich mit einem Funken Enttäuschung in seinem Blick ein bisschen länger an als die anderen: »Du bist wieder da.«

Niemand hat etwas.

Neben mir auf dem Bürgersteig hat ein Typ weißen Schaum vor dem Mund und starrt mich mit leeren Augen an.

Ich bin auf einmal wahnsinnig gereizt. »Was glotzt du so, Arschloch?!« Am liebsten würde ich ihm einen Tritt ins Gesicht verpassen. Dann sehe ich mich von der Seite und werde noch saurer.

Endlich taucht ein Dealer auf. Bis ich mich zu ihm durchgekämpft habe, hat man ihm schon alles abgenommen. »Ich hab zu Hause noch was«, sagt er uns mit heiserer Stimme. Luka und ich folgen ihm. Luka ist Italiener. Ich bin Georgierin. Der Dealer ist Deutscher. Wir setzen uns in seine kleine Küche und kochen international den billigsten Scheiß, die Qualität ist der Horror.

Endlich werde ich innerlich taub, die Angst wird dumpf, sie ist jetzt weit genug weg. Ich kann wieder atmen, halte die Augen geschlossen. Als ich sie öffne und die Welt um mich herum an Schärfe gewinnt, bemerke ich das ungewaschene Geschirr, das im verdreckten Waschbecken unordentlich übereinandergestapelt ist. Ausgeblichene Vorhänge hängen an den dreckigen Fenstern, mein Blick streift den weißen Küchentisch mit den leeren Heroinpäckchen, zwei gelben Feuerzeugen und einem deformierten, verkohlten Löffel.

Was mache ich hier? Die Frage wabert durch meine gedämpften Gedanken, ich wundere mich, stehe mühsam auf und verlasse die fremde Wohnung, ohne noch ein Wort gesagt zu haben.

Bis zum Abend harre ich in unserem Park aus, dann schleppe ich mich zu meinem provisorischen Schlafplatz. Ich weiß, dass mich dort niemand mag, dass ich von allen nur geduldet werde. Sie denken, dass ich dir nicht guttue. Mit letzter Kraft halte ich mich aufrecht, das Einzige, was ich jetzt will und kann, ist schlafen, um zumindest für einige Stunden alles zu vergessen, vor allem die an mir saugende Scham, die sich nach der kurzen Erleichterung von der Welt anstelle der Angst in meinem Körper eingenistet hat.

In der Küche sitzen zwei deiner Freunde. Sie trinken Bier. Ich werfe ihnen nur einen flüchtigen Blick zu, grüße sie kurz, das Lächeln gelingt mir wahrscheinlich nicht ganz, aber es ist getan. Ich klettere hinauf in meine Höhle, werfe mich auf die unaufgeräumte Matratze. Das Blau durch das Bullauge ist das Letzte, was ich vor dem Einschlafen sehe, als ich noch einmal kurz blinzle.

Plötzlich reißt mich etwas aus meinem tiefen Schlaf. Ich versuche, die tonnenschweren Augenlider unter größter Anstrengung aufzureißen, sie flattern, bevor ich sie offenhalten kann. Hinter dem Bullauge hat die Nacht alles dunkel gefärbt. Ich versuche, mich zu fangen. In meinem Kopf hat sich undurchdringlicher Nebel ausgebreitet, durch den ich hindurchirre und keinen klaren Gedanken fassen kann. Jemand ruft meinen Namen, ich höre es genau, kann die Stimme aber nicht zuordnen. Bist du das? Aber dieses Rufen ist anders als deines, kalt, ungeduldig, fordernd. Und es ist real. Unten vor meinem Bett steht dein Freund, der mir schroff mitteilt, dass ich mich sofort anziehen und nach unten gehen soll, man warte vor dem Hauseingang auf mich.

Auf der Straße sind sie auf einmal alle da, deine Freunde. Sie umkreisen mich wie ein hungriges Rudel Wölfe, das seine Beute aufgespürt und in die Ecke getrieben hat und das nun Blut lecken will. Ich schaue mal dem einen, mal dem anderen in die Augen und sehe nichts außer Finsternis. Dein Freund, der eben noch oben an meinem Bett stand, übernimmt den Anfang. Er löst sich mit schweren Schritten aus der Gruppe und kommt auf mich zu. Kurz vor meinen Füßen bleibt er stehen, er ist viel größer als ich, und sagt trocken:

»Du musst ausziehen. Sofort.«

Ich frage nicht mal, warum. Es spielt keine Rolle. Ich sehe sie an, sehe, welche Befriedigung ihnen meine Erniedrigung verschafft.

»Gut«, sage ich leise, »ich packe nur schnell meine Sachen«, dann drehe ich mich um und gehe zurück zur Haustür.

»Warte!«, befiehlt mir ein anderer mit wütender Stimme, und ich begreife, dass es noch nicht zu Ende ist. Das Ende ist nie kurz und schmerzlos. Alles muss ausgeschlachtet werden. Der ganze angestaute und unterdrückte Zorn muss raus. Die Beute wird nicht nur gejagt, getötet und gefressen, nein, vorher wird sie gedemütigt, angeschrien, angespuckt, aufs Übelste beschimpft. Ich sei doch nur eine Hure, die alles um sich herum verderbe; ein Junkie, der dich verführe, dich mit einem aus Menstruationsblut gebrauten Trank verzaubert und bezirzt habe. Ich sei an allem schuld, ich allein. Ich sei Müll, Dreck und sowieso nie gut genug für dich gewesen. Ich solle mich verpissen, für immer verschwinden und zur Hölle fahren.

Es dauert lange, eine ganze Ewigkeit. Irgendwann halten meine Beine mich nicht mehr, also setze ich mich auf den Bürgersteig. Von unten erscheinen die mich pausenlos umkreisenden Gestalten noch größer und bedrohlicher. Alles kommt mir so unwirklich vor, dass ich kein einziges Wort sage, als ob das Ganze durch mein Schweigen weniger wahr werden könnte. Als ob ich, sobald ich mich wehre oder widersetze, mich rechtfertige oder etwas erkläre, nicht mehr die stille Beobachterin, die Zuschauende sein, sondern tatsächlich zu einer Angeklagten werden könnte, ohne Anwalt, ohne irgendeinen Beistand, ohne Hoffnung auf ein gutes Ende. Oder darauf, dass es überhaupt vorbeigeht.

Irgendwann sagt dein Freund:

»Ich glaube, es reicht.«

Einige verstummen, andere werden leiser. Einer spuckt neben meine versteinerten, mit der Erde verschmolzenen Füße auf den Asphalt. Die schaumige weiße Spucke setzt endlich den Punkt ans Ende der Geschichte.

Ich stehe auf, drehe mich um, alle treten wie einstudiert zur Seite, und ich schreite durch die absurd breite Gasse, ohne jemanden anzusehen. Als ich nach zwei Minuten mit einer kleinen Sporttasche über der Schulter wieder vor die Tür trete, stehen sie immer noch genauso da, als ob jemand an der spannendsten Stelle des Films auf den Pausenknopf gedrückt hätte. Nur ich bin einfach weitergegangen.

Nach ein paar Schritten wird es still, und ich bin umgeben von der Nacht. Die Straßen sind leer. Nicht einmal das leiseste Geräusch ist zu hören. Ich bin der letzte Mensch auf Erden.

Ich warte am Bahnhof, am frühen Morgen gehe ich in unseren Park. Die Sonne scheint. Ich blättere die Zeitung noch einmal auf der Suche nach Wohnungsanzeigen durch. Nichts Passendes. Rein gar nichts.

Ich will nicht mehr nachdenken. Ich muss jetzt auf diesem grünen Gras schlafen, solange es noch sonnig und warm ist.

Dann lassen sie mich endlich zu dir. Vier Wochen und fünf Tage nach der Verhaftung. Ein riesiger bewaffneter Sicherheitsmann begleitet mich durch den langen Korridor. In einem Zimmer aus Glas sitzt ein Fremder. Er trägt einen Vollbart, ein ärmelloses T-Shirt und schaut mir direkt in die Augen. Ich erschrecke so sehr, dass ich mich umdrehen und weglaufen möchte. Die Tür wird aufgeschlossen, und ich tauche in das Aquarium ein, in dem ein unbekannter, verloren wirkender Fisch auf mich wartet. Der Fremde steht auf, kommt taumelnd auf mich zu, und ein vertrauter Geruch trifft mich. Völlig farblos gewordene, ausgeblichene Augen suchen mein Gesicht nach etwas ab. Ich weiß nicht, was sie dort finden und ob es das Richtige ist.

»Kein Georgisch! Ihr habt eine halbe Stunde«, sagt der Wachmann im Befehlston und stellt sich mit ausdruckslosem Gesicht an die Wand, die Hände hinter dem Rücken verschränkt, der Blick gerade nach vorne gerichtet, mitten in die Leere hinein.

»Wie geht es dir?«, fragst du mich auf Georgisch.

Wir werden ermahnt.

»Gut«, antworte ich auf Deutsch und flehe dich mit den Augen an.

»Ich vermisse dich«, sagst du wieder auf Georgisch.

Wir werden noch einmal ermahnt.

»Ich vermisse dich auch«, sage ich auf Deutsch und werfe den flehenden Blick nun dem Wachmann zu.

»Sag allen, sie sollen sich anständig verhalten, hörst du?« Ahnst du vielleicht etwas?

Das Treffen ist nach drei Minuten statt einer halben Stunde vorbei, ein drittes Mal hat er uns nicht ermahnt.

* * *

Die Verhandlung findet im vierten Stock des Gerichtsgebäudes statt.

Bewaffnete Sicherheitsleute an der Tür, ein hoher, geräumiger Raum, große Fernster, eines von ihnen steht offen. Es ist noch zu früh. Kein Angeklagter, kein Richter, kein Anwalt ist zu sehen.

Die Stühle stehen ordentlich aufgereiht nebeneinander. Ich setze mich in die erste Reihe, zuerst bin ich fast allein, nach und nach kommen deine Freunde, sie sitzen hinten und kommen mir vor wie riesige Zungen, Augen und Ohren, die zu mir herüber schauen, mich anstarren und jede meiner Regungen verfolgen; die tuscheln, zischen und sich räuspern. Sie rascheln und schimpfen. Über mich. Wie ich es wagen kann, herzukommen. Ob ich überhaupt nüchtern bin. Ich – die Schlampe, die Schuldige, das Ungeheuer.

Ich bin ganz still und rühre mich nicht. Sie haben doch keine Ahnung, dass sie durch ihre Erniedrigung meinen zornigen, ungebrochenen Willen geweckt haben, ihnen zu beweisen, wie sehr sie sich irren, was ich noch alles erreichen kann. Ich will es ihnen zeigen, ich bin für dich da.

Der Anwalt kommt als Erstes herein, grüßt nur mich und nimmt Platz. Dann wirst du hereingeführt. Du suchst nach mir. Ich versuche zu lächeln und starre dich an.

Wenn man dich nicht laufen lässt, wirst du aus dem Fenster springen, das hast du mir im letzten, von deinem Anwalt aus der U-Haft heimlich herausgeschmuggelten Brief geschrieben. Auch wenn du weißt, dass du dabei sterben kannst. Du kannst im Knast ohne mich nicht leben, schriebst du, du willst es nicht.

Ich höre kein einziges Wort von der Gerichtsverhandlung, ich nehme nichts wahr, ich verstehe kein Deutsch mehr, bin taub. Nur meine Augen funktionieren, sie sind wach, nehmen jede kleinste Bewegung von dir in mich auf, ich speichere sie alle ab, verpasse keine einzige.

Als ich den Raum betrat, schien draußen die Sonne,

das Blau des Himmels ist unendlich, habe ich gedacht. Was soll ich tun, wenn du gleich zum Fenster rennst? Dich festhalten? Mit dir hinunterspringen? Wird man auf uns schießen? Werden wir heute sterben?

Ich lächle, während ich dich ununterbrochen ansehe. Wir sind eins. Du weißt doch so vieles noch gar nicht. Wir sitzen doch noch im Zug, ohne das Ticket nach Luxemburg.

KLEINANZEIGEN

NEUER WURF

Winzige Wünsche zum Anschmiegen. Reinrassig mit beeindruckendem Stammbaum. Außerdem bereits stubenrein (Die Feilscher unter euch brauchen sich gar nicht erst zu melden. Im Gegensatz zum Selbstwert kenne ich den Wert dieser Winzlinge ganz genau).

SUCHE

Schwarze Katze im Dunkeln (Fuck! Ich glaube, ich kriege nur Placebos …).

SAMMLE

Weggeworfene, veraltete und abgenutzte Wörter. Bedeutung und Adressat unwichtig.

KAUFE

Talent mit Aussicht auf Buchpublikation. Zahle bar mit Kleingeld. Ich sitze neben den anderen Pennern vor der großen Kirche (erste Treppe, dritte Stufe links).

SUCHE ARBEIT

Als flammende Patriotin, erfahrene Wahrsagerin oder begeisterte Anhängerin. Bezahlung nur in der Landeswährung.

SUCHE

Unterricht im Lügen, dessen Gebrauch, Methoden, Kategorien, Vorsätze. Nur professionelle und zertifizierte Münchhausener erwünscht.

GEFUNDEN

Kind mit gealterten Augen. Die Eltern sollen mit der Suche aufhören, es wird nicht zurückgegeben.

UNTERRICHTE

Moral. Methode: Unbeirrtheit. Verwende Ahnenwissen. Segen des Papstes für die Lehrtätigkeit vorhanden.

VERMIETE

Menschlichkeit. Befindet sich im Souterrain und ist in miserablem Zustand. Im Falle einer Renovierung von Seiten des Mieters biete ich Preisnachlass.

SUCHE

Fremdes Kissen zum Kopfauflegen. Atem im Genick stört mich nicht.

BIETE

Ein Leben in voller Illusion. Weitere Einzelheiten tête-à-tête.

Die Ruhe in unserem Haus

◆

Er ist wieder betrunken aufgekreuzt. Jetzt wird er ihnen die Hölle heiß machen, und ich muss es mir anhören, während mein ohnehin krankes Herz vor Mitleid ausblutet, dachte ich genervt, knallte das Fenster zu und zog die Gardinen zurecht.

»Was machst du da, Mensch? Wir ersticken doch bei der Hitze. Mach auf, und lass ein wenig frische Luft rein! Hier kann man dank deiner Lumpen sowieso kaum atmen!« Er wischte die auf dem Tisch liegenden Stoffe einfach zur Seite und sein Kopf verschwand mit einem unzufriedenen Murmeln wieder hinter der Zeitung.

»Übrigens, genau diese Lumpen sind es, die uns durchbringen, falls du es vergessen hast. Wenn wir uns auf deinen Stapel Diplome und Zeugnisse verlassen hätten, wären wir längst verhungert.«

»Du und dein ewiges Prahlen mit deinem besonderen Talent fürs Schneidern, als ob du eine Professorin für Quantenphysik wärst«, schnaubte er und blätterte geräuschvoll die Seite um.

»Ach ja?! Und weil du Professor bist, steht täglich

eine Schlange von Arbeitgebern vor unserer Tür, die um deine Gunst werben und sich gar nicht mehr einkriegen?« Ich lächelte gelassen und setzte mich wieder an die Nähmaschine.

»Hab ich nicht gesagt, du sollst das Fenster aufmachen?« Er schaute mich tadelnd an, und als er begriff, dass ich nicht vorhatte, mich vom Fleck zu rühren, sah er sich gezwungen, seinen schon seit heute Morgen auf dem Stuhl sitzenden Hintern hochzuschieben und – mit einem riesen Geseufze – das Fenster selbst wieder zu öffnen.

»Nugzar ist wieder sturzbetrunken nach Hause gekommen. Ich kann den Zirkus nicht mehr ertragen. Wenn du unbedingt frische Luft schnappen willst, kannst du ruhig mal die Wohnung verlassen und draußen spazieren gehen. Ist vielleicht keine schlechte Idee, denn einen Job trägt man dir offensichtlich nicht auf dem Silbertablett in unser bescheidenes Heim.«

Sein zunehmendes Keuchen verriet, dass die Wut stieg. Ohne den Kopf zu heben, ließ ich die Singer-Maschine laufen und begann sogar eine lustige Melodie zu summen, um ihn noch mehr zu ärgern.

Die Zeiten, in denen ich meinen intelligenten und rückgratlosen Ehemann bemitleidete, waren längst vorbei. Am Anfang hatte ich ihn wie ein kleines Kind umsorgt, bemuttert und verwöhnt. Nicht nur ich. Er wurde von der ganzen Familie wie ein großes Kind behandelt. Sogar seine Fingernägel musste ich ihm schneiden, denn als die hochverehrte Guliko mir ihren Prinzen mit zitternden Händen und schwerem Herzen in der Kirche feierlich übergeben hatte, war er bereits so grundlegend verdorben, dass ich sogar über seine Fähigkeit, sich den Arsch selbst abzuwischen, heilfroh gewesen war.

Meine Liebe wurde in den endlosen Jahren durch Gereiztheit und Gleichgültigkeit ersetzt. Seit Langem lebten wir unter einem Dach wie zwei einander völlig fremde Menschen, die sonst keine Bleibe hatten. Nur aus Gewohnheit, Alternativlosigkeit oder auch aus Trägheit setzte jeder von uns dieses verhasste Zusammenleben fort. Alles war bereits hundertmal gesagt und gehört worden, so kam es mir zumindest vor. Sowohl die Fragen als auch die Antworten waren abgenutzt und staubig, die Handlungen schienen einstudiert wie Filmszenen, die sich nur durch kleine, unbedeutende Variationen unterschieden.

Indessen ertönte ein erstes Schlaggeräusch aus der Nachbarwohnung, gefolgt von dem schwachen Aufschrei einer Frau.

Es hat angefangen. Bis er sich beruhigt und endlich einschläft, drehe ich durch.

Ich stoppte die Nähmaschine, stand auf, zog meine Schuhe an und öffnete die Wohnungstür.

»Wo gehst du hin?« Mein vom routinierten Ablauf abweichendes Verhalten irritierte meine arbeitslose Professoren-Hälfte, und er blickte über seinen Brillenrand hinweg verunsichert zu mir herüber.

»Nähkurs!« Ich knallte die Tür hinter mir zu und rannte die Treppen hinunter. Im Hof hörte ich das Poltern, worauf das Weinen des Kindes folgte.

»Dieser Mistkerl quält wieder seine Sippe, nicht wahr?«, seufzte Tante Schura, der ich am Tor begegnete. »Gott, lass seine rechte Hand erlahmen!«

Sie bekreuzigte sich und wandte ihren Blick ehrfürchtig zum dreckigen und nach Pisse stinkenden Torbogen empor. Dann hielt sie mich mit geiferndem Gesichtsausdruck am Arm fest, zog mich ganz nahe an sich heran, wischte sich die weiß belegten Mundwinkel mit den Daumen ab und hauchte mir ins Gesicht:

»Ich hab eine solche Neuigkeit, dass du deinen Ohren nicht trauen wirst. Das ganze Viertel weiß längst darüber Bescheid, und ich hab es erst gestern erfahren.« Ihre Stimme klang auf einmal enttäuscht und frustriert.

Aus der Wohnung drangen Krach, Fluchen und Weinen. Meine Nerven waren zum Zerreißen gespannt, aber bevor ich was entgegnen konnte, zischte Schura schon verschwörerisch in mein Ohr:

»Du kennst doch Tamriko, die neben dem Geschäft an der Ecke wohnt und seit ein paar Jahren geschieden ist. Ich weiß aus ganz sicherer Quelle, dass sie sich mit einem Geschäftsmann herumtreibt. Die Nachbarin von Mzias Schwiegertochter hat gesagt, sie hätte sie einige Male in einem schwarzen BMW wegfahren sehen.«

»Wirklich? Nun, wenn es die Nachbarin von Mzias Schwiegertochter erzählt hat, wird es zweifellos stimmen.«

Ich ahmte ihre Sprechmelodie nach.

»Das heißt, das ganze Viertel ist für die nächsten zwei Monate bestens mit Klatsch und Tratsch versorgt. Herrlich! Was will man mehr, nicht wahr?!«

Ich entriss ihr grob meinen Arm und rannte auf die staubige, vor Hitze glühende Straße. Ich hörte, wie die durch meine Unhöflichkeit erzürnte Schura mich verfluchte, und knallte das Tor mit voller Wucht hinter mir zu. Ich blieb stehen, atmete tief durch. Das Weinen war leiser geworden, man hörte es kaum noch. Plötzlich bemerkte ich das raschelnde Geräusch einer Jogginghose hinter dem Tor und Schritte von Hausschuhen. Die Tür ging wieder auf. Diesmal war es mein Mann in seinem uralten gestreiften Bademantel und der dunkelblauen, an den Knien ausgebeulten Sporthose. Er schaute sich um, kämmte die übriggebliebenen Haare mit einer nervösen Handbewegung nach hinten, trat zu mir auf die Straße und sagte angespannt:

»Alarmier nicht wieder die Polizei! Ich hab doch

gesagt, das geht uns nichts an. Wahrscheinlich will es die Frau nicht anders, und du hast kein Recht, dich einzumischen. Sonst wird Nugzar wieder bei uns randalieren, und ich hab keine Lust auf sein Gebrüll.«

»Klar doch! Die Hauptsache ist ja, dass du nicht belästigt und bei der hundertsten Lektüre alter Zeitungen gestört wirst. Das Schicksal der anderen ging dir schon immer am Arsch vorbei. Du widerst mich an!«

Ich drehte ihm den Rücken zu und überquerte die Straße so unachtsam, dass Schuras Fluch zwei Minuten später beinahe seine Wirkung gezeigt hätte.

»Bist du blind, du blöde Kuh?«, hörte ich das Brüllen eines Fahrers, der genauso bleich geworden war wie sein schneeweißes Auto. Ich setzte mich auf den Bordstein. Ich konnte nicht mal richtig Luft holen, da kreischte mir schon jemand ins Ohr:

»Was ist mit dir los, Schätzchen?«

Ich nahm das streng riechende Parfüm von Frau Larisa wahr. Die hat mir gerade noch gefehlt, dachte ich gereizt und lächelte möglichst freundlich zu ihr hinauf.

»Nichts, mir ist nur ein bisschen schwindlig, geht gleich wieder.«

»Schwindlig? Du bist nicht zufällig schwanger? Wie alt bist du eigentlich?« Sie betrachtete mich mit skeptischem Interesse, starrte auf meinen Bauch.

»Steh mal auf!«, befahl sie plötzlich in einem keinen

Widerspruch duldenden Tonfall und klopfte mit ihrem abgegriffenen Stock auffordernd auf den Boden.

Gott, was hab ich bloß verbrochen? Ich richtete meinen Blick in Richtung Himmel.

»Ich bin nicht schwanger und werde es auch nie sein. Was möchten Sie noch wissen?«

Ich blieb stur auf dem Bordstein sitzen und schaute genervt in ihre unter runzligen Lidern versteckten Knopfaugen. Larisa ließ sich meine Grobheit nicht anmerken. Trotz des hohen Alters hielt sie sich kerzengerade, schaute hochmütig wie die Königin von England, dann bückte sie sich plötzlich zu mir herunter, und ihr Atem streifte meinen Hals:

»Schura hat mir was erzählt… Gut, dass du schon sitzt, sonst könntest du in Ohnmacht fallen.«

Sie kicherte höchst zufrieden und plante anscheinend, mir eine noch detailliertere Variante des neuesten Gerüchts zu erzählen. Ich spürte, wie mir das Blut in den Kopf stieg.

»Eigentlich weiß ich schon Bescheid. Tamriko fickt mit jemandem. Und ach!, wie kann sie es wagen, nicht wahr?«

Sie sah mich an, das hatte gesessen. Sie schnappte nach Luft.

»Freche Göre! Was für eine unerzogene Generation, meine Güte!«

Sie richtete sich genauso schnell wieder auf, wie sie sich zu mir heruntergebeugt hatte, und entfernte sich mit energischen Schritten, begleitet vom wütenden Klackern ihres Gehstockes. Ich stand träge auf, klopfte meine Hose ab, schaute auf meinen Bauch und dachte das, was mir bei den heftigen Streitigkeiten mit meinem Mann öfter in den Sinn kam, mir aber noch kein einziges Mal entwichen war: Nicht mal für die Zeugung eines Kindes hat es gereicht, du Nichtsnutz!

Ich erinnerte mich, wie viele Jahre wir miteinander um eine Adoption gekämpft hatten und wie penetrant sich seine Mutter Guliko in die Diskussion eingemischt hatte, jedes Mal mit dem Totschlagargument: »Ich werde keinen Bastard in meinem Haus dulden! Wer weiß, wessen Gene er geerbt hat und was mal aus ihm werden wird.« Als ob es ihr Haus wäre, geschweige denn ihr Leben … Als ob ihre aristokratische Abstammung, ihr blaues Blut nur Vorzeigeobjekte hervorgebracht hätte … Dann dachte ich über Schako nach, und spürte wieder die Traurigkeit.

Wie gern würde ich ihn adoptieren, wenn ich nur könnte. Sofort würde ich es tun. Er ist ja sowieso fast die ganze Zeit bei uns, sitzt grün und blau geschlagen mit gesenktem Kopf am Tisch und verschlingt das Essen wie ein verwildertes Tierchen. Er kaut schnell, sein ganzer Körper ist angespannt und verkrampft, als ob er beim kleinsten Geräusch den Löffel aus der Hand fallen lassen, in das nächste Loch schlüpfen und sich wie eine Maus verstecken wollte. Seit vorletztem Silvester, als dieser Idiot die Mutter des Kleinen so grausam zusammengeschlagen hat, stottert das arme Kerlchen auch noch. Auch davor war er ja kein großer Redner gewesen: »Guten Tag. Es geht. Danke. Entschuldigung. Tschüss …«

Mein Oberkörper schmerzte, in der Nähe meines Herzens war es besonders schlimm.

Ich musste zum Arzt. Bevor ich durch all den Stress ernsthafte gesundheitliche Probleme bekam. Hoffentlich kostete die Untersuchung nicht so viel. Eigentlich hat Kote recht, ich sollte mir nicht alles so zu Herzen nehmen. Aber wie willst du Ruhe bewahren, wenn man dich mit diesen schüchternen, angsterfüllten Augen anschaut und mit heiserer Stimme fragt: »Tante Ketino, was be-bedeutet denn Ba-Bastard?« Und wie willst du einem Kind erklären, was dieser Unmensch gesagt hat, den er für seinen Vater hält.

»Es ist ein schlimmes Wort, Schako, wiederhole es nicht, und achte einfach nicht darauf, wenn es jemand sagt!«

Ich versuchte damals, die Tränen, die mir in den Augen brannten, zurückzuhalten, und als es mir nicht gelang, stand ich auf und drücke seinen glatt rasierten Kopf an meinen Bauch. »Ab-aber, was bedeutet Ba-Bastard,

Tante Ketino?«, hörte ich ihn stotternd, aber stur seine Frage wiederholen und wünschte mir den Tod.

Ein langes Autohupen riss mich aus den Gedanken, und sofort überrollte mich die nächste Welle von Beschimpfungen.

Ich muss aufpassen. Ich laufe ja herum wie eine dumme Gans. Nicht dass Schuras Fluch am Ende noch in Erfüllung geht. Man, ich bin todmüde. Wenn ich bloß die Fahrkarte mitgenommen hätte… Jetzt muss ich durch die halbe Stadt zu Fuß wieder zurückgehen. Ob der Idiot das Essen aufgewärmt oder aus Faulheit wieder kalt gegessen hat? Obwohl, das wäre fast besser. Sonst finde ich das ganze Mittagessen wieder angebrannt im Topf. Ich musste den Topf wegschmeißen beim letzten Mal, da war nichts mehr zu machen. Zum Teufel mit Guliko! Diese adelige, intelligente Kuh hat ihn zu einem völlig hoffnungslosen Fall erzogen. Und ich darf es jetzt ausbaden.

Nach gefühlten Stunden erreichte ich endlich unser Viertel. Von Weitem sah ich zwei Polizeiautos am Hofeingang stehen, ein Gewimmel von TV-Kameras und lärmenden, aufgebrachten Menschen. Als Tante Schura mich sah, die gerade sehr deutlich artikulierend und energisch sprechend vor einem dieser Fernsehleute gestikulierte, vergaß sie anscheinend den morgendlichen Zwischenfall und ihren Groll, strich ihr wahrscheinlich extra für diesen Auftritt angezogenes, altmodisch-theatralisches Kleid glatt und kam mit schnellen Schritten und schwabbelnden, von Rouge und Hitze geröteten Wangen auf mich zu.

»Dieser Mistkerl hat *tatsächlich* jemanden umgebracht!«, posaunte sie mit feierlicher Stimme über die Straße, legte eine dramatische Pause ein und schaute mir auffordernd in die Augen.

»Wen meinst du?«, brachte ich wie paralysiert heraus.

»Nugzar, wen sonst?!«, sagte sie und zog, mit meiner Reaktion unzufrieden, einen mit Lippenstift bemalten, runzeligen Schmollmund. Anscheinend hatte sie von mir faustgroße Tränen erwartet, wenn nicht sogar einen Ohnmachtsanfall.

»Wen hat er getötet? Wen?«, brüllte ich wütend und suchte mit irrem Blick nach einer Antwort in den geschminkten Augen dieser pompösen Frau.

Sie musterte mich ein paar Sekunden lang schweigend. Wahrscheinlich überlegte sie sich, ob sie es vorzog, mich erneut zu beschimpfen oder lieber die Überbringerin einer schlechten, aber exklusiven Nachricht zu sein. Sie entschied sich für Letzteres, zog die frisch gezupften Augenbrauen hoch, machte ein trauriges Gesicht und antwortete in singendem Tonfall: »Schako! Wen denn sonst? Mein Liebling, mein armer Kleiner …« Gleichzeitig klopfte sie mit der linken Faust theatralisch auf ihre ausladenden Brüste, mit der Rechten bekreuzigte sie sich in einstudierter Bewegung, erst schaute sie flüchtig in die Wolken und starrte dann mit zitternden Schnurrbarthaaren wie eine Ratte zu mir herauf. Mein Herz raste, es tat höllisch weh. Sie beobachtete mich. Lauerte auf meine Reaktion.

Ich setzte mich mit Mühe in Bewegung und ging taumelnd Richtung Hof. In der Menschenmenge sah ich meine mit bedrücktem Gesichtsausdruck stehende zweite Hälfte. Ich näherte mich ihm und sagte ungewohnt ruhig, beinahe gleichgültig:

»Du wirst deine Sachen packen und bis Ende der Woche aus der Wohnung ausziehen.« Ich sah ihn jetzt an. Seine vom Schlaf geschwollenen Augen krabbelten auf die Stirn, dann warf er einen kurzen Blick auf die versammelten Nachbarn, kam nahe an mich heran und zischte: »Bist du nicht mehr ganz dicht? Wohin soll ich denn umziehen? Jetzt beruhig dich mal!«

»Zu der hochverehrten Frau Guliko. Von nun an wird sie dir wieder die Fingernägel schneiden.«

Ich ging in die Wohnung, warf mich aufs Bett und starrte ins Leere. Es war ganz ruhig in unserem Haus.

Das Mädchen mit den Sommersprossen

◆

»Hast du schon wieder ins Bett gepisst? Der Teufel soll dich holen und in der Hölle schmoren lassen!«, drang es durch den Schutzwall des Schlafs in sein Bewusstsein, was sein kleines Herz noch in der gleichen Sekunde anfangen ließ, fürchterlich zu rasen. Die Atmung wurde flacher, die Augäpfel bewegten sich unter den kleinen Lidern nervös hin und her. Ohne die Augen zu öffnen, ertastete er vorsichtig das Bettlaken unter seinem Körper.

Trocken! Ich bin es nicht!

»Los, raus mit dir! Schnell! Du hast es zwar verdient, dass ich dich in der Pisse vergammeln lasse, ich bin aber zu gutmütig, das bringe ich nicht übers Herz, du kannst von Glück reden! Schnell, schnell! Wach auf und raus aus dem Bett! Ich habe noch dreißig andere Kinder zu versorgen.«

Er öffnete die Augen zu Schlitzen. Lehrerin Manana stand neben Teklas Bett und hörte nicht auf, sie anzubrüllen. Das totenbleiche Mädchen in seinem weißen, ärmellosen T-Shirt und der nassen Marienkäfer-Unterhose kroch aus dem Bett und stellte sich mit gesenktem Kopf daneben.

Wer lacht, kriegt es mit mir zu tun! Der kleine Junge ballte die Fäuste und sah sich im Schlafsaal um. Niemand machte auch nur einen Mucks. Im Gegenteil. Einige zogen sich die Decken über die Nase.

»Pfui! Ekelhaft! Pfui! Wie das stinkt. Zum wievielten Mal muss ich deine Matratze diese Woche umdrehen, hm? Sie wird kaum noch trocken.« Sie packte das Kind am Ohr und zog es wütend in die Höhe. Das Mädchen mit seinen dürren Beinen stellte sich wortlos auf die Zehenspitzen und presste die winzigen Lippen aufeinander, um nicht zu weinen vor dieser Frau. »Riech, wie es stinkt, du Sau, riech!« Sie drückte ihre mit Sommersprossen bedeckte Nase auf die Matratze. Jetzt kamen ihr doch die Tränen.

»Lass sie in Ruhe!«, rutschte es dem Jungen auf einmal heraus. Sein rasendes Herz schien genau in diesem Moment zu explodieren. Er stand seinem Mut und seiner Frechheit selbst erstaunt gegenüber. Die Lehrerin drückte die Matratze mit einer Hand fassungslos an die Brust, die andere Hand ließ vom Ohr des Mädchens ab. Die Lehrerin starrte den Jungen einige Sekunden lang schweigend an. Auch sie schien schockiert. Die Kinder zogen ihre Decken nun ganz über die Köpfe, und es war totenstill.

»*Was* hast du gerade gesagt?«, zischte es langsam aus der Alten heraus, als sie sich wieder gefasst hatte. Sie latschte schwer röchelnd in seine Richtung, wie ein Raubtier, das Blut gerochen hatte und es nun auch lecken wollte. Der Junge holte tief Luft, hörte dann auf zu atmen und beschloss, die sich ankündigende Bestrafung heldenhaft zu überstehen: mit stolz erhobenem Haupt! Kein Blickabwenden! Kein Gejammer! Kein Weinen! Wie ein Mann eben.

Nach zehn Sekunden entwich ihm der erste Schmerzenslaut. Nach weiteren zehn Sekunden wurden seine nackten Füße über den Holzboden geschleift. Seine im Schlaf lustig zerzausten Haare hielt Lehrerin Manana fest in ihrer Faust und zerrte die wertlose Missgeburt, wie sie ihn die ganze Zeit nannte, in Richtung Kammer.

»Du bekommst bis zum Abend kein Essen, du undankbares Schwein. Nicht mal eure Eltern wollten euch haben, *wir* kümmern uns um euch, und statt Dankbarkeit bekommen wir dann solche bodenlosen Frechheiten entgegengeschleudert. Aber ich werde es euch schon noch zeigen. Hab bereits härtere Nüsse geknackt als euch Pack! Du dreckiger kleiner Mistkerl.« Angeekelt warf sie ihn wie einen schmutzigen Lappen in die fensterlose Speisekammer, die ihre ursprüngliche Funktion schon lange verloren hatte, knallte die Tür hinter seinem Rücken zu und riegelte sie ab.

Ich bin noch gut davongekommen. Essen! Als ob wir Chatschapuri bekämen.

Der Gedanke daran ließ seinen Magen knurren.

Hoffentlich lässt sie zumindest Tekla in Ruhe. Er versuchte, sich abzulenken, das überwältigende Hungergefühl ließ es aber nicht zu. Wahrscheinlich frühstücken sie jetzt schon. Heute ist Tag der roten Grütze. Wenn ich es wenigstens geschafft hätte zu frühstücken oder wenn bloß Lehrerin Lia heute Dienst gehabt hätte. Sie schreit zwar rum und flucht auch manchmal, sie zerrt aber nie an den Haaren und Ohren. Und sperrt uns auch nicht ohne Essen ein.

Er drückte die Nase gegen das Schlüsselloch und atmete tief ein. Plötzlich nahm er den Geruch von Reisbrei wahr, der ihn an seine Mutter erinnerte. Ihr Gesicht war seit Langem aus seinem Gedächtnis verschwunden, aber dass sie morgens nach Reisbrei roch, würde er nie vergessen. Hoffentlich nicht. Oder stimmte es gar nicht, und er hatte sich das Ganze nur ausgedacht … Man konnte hier nie wissen, das hatte er gelernt.

Wenn es nur Licht gäbe, er schaute verzweifelt auf die von Spinnennetzen umgarnte Glühbirne, die schon vor unendlich langer Zeit erloschen sein musste. Dunkelheit machte ihm immer ein wenig Angst. Aber jetzt war es noch nicht so schlimm, durch die Ritze unter der Tür fiel noch Licht.

Und bevor es dunkel wird, wird sie mich hier rausholen.

Obwohl er mit aller Kraft versuchte, seine Gedanken auf etwas anderes zu lenken, dachte er die ganze Zeit ans Essen. Er stellte sich Berge von Bouletten vor, umringt von Mauern aus Bratkartoffeln, daneben Wasserfälle aus Kissel. Gerade, als er sich fast in den schönsten Fantasien verloren hatte, hörte er das schnelle Hopsen der kleinen Füße. Er riss die Augen auf und verwuchs mit dem Schlüsselloch. Unter der Tür wurde ein Papierfetzen durchgeschoben. Er nahm ihn, hielt ihn dicht vor die kurzsichtigen Augen und schaffte es trotz der Dunkelheit, das Gekritzel zu entziffern: »Ich habe auch nichts gegessen. Wenn wir groß sind, heirate ich dich.«

Die kullernde Rotzträne wischte er mit seinem Ärmel ab. Er freute sich, dass er allein im Dunkeln saß, dass die Erzieher ihn zumindest diesmal nicht als Heulsuse und Weichei beschimpfen würden. Er begriff, dass er sich weder um das verpasste Frühstück sorgte noch um den abgezogenen Skalp. Er setzte sich gleich neben der Tür auf den Holzboden, lehnte seine Wange an die kalte Wand und lächelte so ruhig, wie er es noch nie getan hatte.

Gut, dass er bis zum späten Abend nicht erfährt, dass der aus Protest und im Namen der Solidarität abgelehnte Reisbrei zur Strafe über die roten Haare und die von Sommersprossen übersähte Nase des Mädchens gegossen worden war.

00

◆

»Die Neun! Komm schon! Die Neun … Bitte …« Gega schrie mir derbe Tiraden direkt ins Ohr.

»Sie war auf der Neun, ich schwöre, aber danach ist diese gottverfluchte Kugel wieder rausgesprungen.«

Das ganze Monatsbudget. Die Miete. Mir lief es eiskalt den Rücken runter. Und meine viel zu volle Blase gab mir unmissverständliche Zeichen.

»Du hast doch bestimmt noch was übrig.« Er schaute mir direkt ins Gesicht, seine Augen flehten mich an.

»Ich hab nichts mehr, lass mich in Ruhe!«, sagte ich nicht gerade überzeugend und dachte an die für schwarze Tage zurückgelegten, klein gefalteten Scheine im Geheimfach meines Portemonnaies.

»Das glaube ich dir nicht, ausgeschlossen, dass du nichts mehr hast! Los, gib her. Wir gewinnen zumindest einen Teil zurück, los.« Er hatte mein Zögern bemerkt und Hoffnung geschöpft. Er würde dranbleiben.

»Nein, hör auf, du siehst doch, dass wir heute nur Pech haben. Lass es doch einfach …«, warf ich ihm die abgenutzten Phrasen entgegen.

»Ach was, Pech! Was, wenn ausgerechnet jetzt unsere Glückssträhne anfängt? Du hast doch vorhin auch gesehen, wie die verfickte Kugel zuerst richtig gelandet ist, und …«

Der Gedanke an den leeren Kühlschrank ließ meine ohnehin miese Laune auf den Tiefpunkt sinken, aber noch einen einzigen Versuch war es vielleicht wirklich wert. Schwärzere Tage würden wir wohl kaum erleben.

»Ist gut. Aber lass es uns an einem anderen Tisch probieren.«

Wenig später sahen wir uns in dem großen Saal um.

»Und?«, fragte mich Gega mit veränderter Stimme.

Erst schaute ich auf ein Tableau in der Nähe, dann auf ein anderes weiter weg. Gleichzeitig umklammerte ich unsere letzten Jetons mit schwitzenden Fingern.

»Komm, lass uns dort rübergehen.« Er schubste mich zu einem Tisch, an dem viel weniger Spieler saßen als an den anderen. Wir näherten uns langsam.

»Schau! So oft Schwarz hintereinander. Ausgeschlossen, dass jetzt kein Rot fällt. Wir spielen auf Farben. Viel haben wir sowieso nicht, wir müssen uns langsam alles zurückholen, Schritt für Schritt.«

Wie blöd kann man eigentlich sein?, dachte ich und folgte ihm trotzdem. Wir knallten uns auf die Stühle und begannen das Rouletterad wie hypnotisiert zu beobachten.

»Jetzt kommt garantiert Rot! Ganz sicher!« Ich verstand nicht ganz, ob er mich oder sich selbst zu beruhigen versuchte.

»Die Chance, dass Rot kommt, ist genauso hoch wie die Chance, dass wieder Schwarz kommt…«, versuchte ich ihm zu erklären, gab es aber gleich wieder auf, denn in diesem Moment hätte ihn nicht mal Gaus umstimmen können; er hörte mich nicht.

Wir nahmen der geräuschlos dahineilenden Bedienung zwei Säfte mit Eiswürfeln vom Tablett, und das nervenzerreißende Warten begann. Noch ein Einsatz, dann muss ich aufs Klo, sonst pisse ich mir in die Hose. Ich ließ die Eiswürfel gegen das Glas klirren, den Saft rührte ich nicht an.

»Fang du an, ich rauche dann fertig; wir haben nur noch zwei.« Ich reichte Gega eine der letzten beiden Zigaretten. Dann legte ich den ersten Chip auf Rot. Die Kugel umkreiste die Laufbahn mit leisem, monotonen Summen, dann landete sie mit nervtötendem Klickern. Schwarz.

»Fick dich!« Gega sprang auf und verschüttete die Hälfte von meinem Saft.

Ein Herr mittleren Alters und mit dunklem Teint, bis zu den Zähnen mit goldenen Ketten und Ringen geschmückt, wartete mit zufriedenem Grinsen darauf, dass man zu seinen aus Jetons gebauten Hochhäusern einige sehr teure Jetons dazulegte, solche von denen, die ich noch nie in der Hand gehalten hatte. Dann fing er an, eine Melodie eines orientalischen Liedes zu summen, und sammelte den Gewinn mit seinen kurzen fetten Fingern ein.

Ich wurde so wütend, dass man es wahrscheinlich sowohl an meinem Gesicht als auch an meinem nervösen lauten Keuchen erkennen konnte. Der Mann schaute mich mit zusammengekniffenen, doch noch immer blitzenden Augen an, während er weiter unbeschwert seine Jetons auslegte. Als er fertig war, zwinkerte er mir fröhlich zu.

Klar doch. Solche Pechvögel wie uns hat er in seinem Leben schon haufenweise gesehen. Er selbst gewinnt und verliert mit gleicher Miene. Money, Money, Money, always funny, hallte es in meinem Kopf, ich konnte diesem summenden Mann nicht mehr zuhören, wurde immer saurer.

»Letzter Einsatz«, hörte ich jemanden aus weiter Ferne rufen und schob den nächsten Jeton mit eiskalten Fingern auf Rot. So, nur diese eine Runde noch, dann sofort aufs Klo.

Statt das Rad starrte ich den Mann an, der aus seinen Jetons unbekümmert neue Häuser, Brücken und Mauern baute, während er immer und immer wieder die gleiche Melodie summte.

»Gibt's doch gar nicht. Fick dich doch!«, hörte ich neben mir eine Stimme, und fast gleichzeitig gab der Croupier mit monotoner Stimme bekannt: »Elf, schwarz.« Mein Hals trocknete innerhalb von Sekunden komplett aus, und ich blickte fassungslos auf die uns verbliebenen Jetons.

»Verdopple es.« Gegas Stimme vibrierte.

»Verdoppeln? Hast du sie nicht mehr alle? Ich hab nur noch drei«, krächzte ich. Ich konnte mich kaum beherrschen und hätte ihm am liebsten das Glas samt Saft und Eiswürfeln an seine vor Schweiß glänzende Stirn geschmettert.

»Ist ja gut. Was regst du dich so auf? Mach einfach, was du willst!« Er rutschte demonstrativ zur Seite.

Ich blickte verärgert auf das Tableau.

Und wenn jetzt die Zero kommt?, dachte ich und schob die Hand wieder Richtung Rot.

»Zero!«, sagte der Croupier nach ein paar Sekunden mit himmlisch leidenschaftsloser Stimme. Der mit Gold behängte Herr rieb sich zufrieden die Hände. Ich musste mich zwingen, wegzusehen, um die Nerven zu behalten.

Sofort blickte ich zu seinem in die Höhe geschossenen Turm, der auf Zero platziert war, und war kurz davor, auf den Tisch zu springen, ihn wie ein Pitbull in den Hals zu beißen und bis auf die Knochen zu zerfleischen. Ich musste leichenblass geworden sein, denn

Gega unterbrach seine Flüche, schaute verunsichert zu mir herüber und begann sogar, mich zu trösten. Ich hörte ihn kaum. Zehn Sekunden Stille.

»Die durchgefickte Zero!«, hielt er es schließlich nicht mehr aus.

»Zisch ab!« Ich machte eine verärgerte Handbewegung und schaute mit zitterndem Kinn auf unsere letzten beiden Jetons. Dann holte ich so tief Luft, dass meine Lunge schmerzte. Ich legte unseren Jeton bescheiden neben die in verschiedenen Farben blitzenden Hochhäuser auf Rot … Sie wird noch einmal kommen, dachte ich. Dann glitt mein Blick Richtung Toilette, eine dunkelgrüne Tür, die Erlösung, darüber das Zeichen 00.

Sobald ich »Letzte Einsätze« hörte, griff ich den auf Rot liegenden Jeton und warf ihn zusammen mit dem letzten, schweißigen Chip über den Stofftisch zum Croupier rüber.

»Beide auf Zero!«

»Was machst du denn, du Idiot? Bist du völlig durchgeknallt?« Gega griff fassungslos nach meinen Händen.

»Zisch ab, hab ich gesagt!« Gereizt schüttelte ich ihn ab und schloss die Augen.

»Verflucht! Das kann ich nicht mit ansehen.« Anscheinend wandte er dem Rad den Rücken zu.

»Nichts geht mehr.«

Was hab ich da gerade abgezogen? Wenn jetzt Rot kommt, geschieht mir das recht. Scheiße, die ganze Strecke zu Fuß bis nach Hause… Nein. Erst aufs Klo! Und von wem soll ich mir morgen Geld leihen? Verdammte Scheiße! Welcher Teufel hat mich gerade geritten? Die nächsten paar Wochen wird Gega nur rumnörgeln, mir Vorwürfe an den Kopf knallen, und ich werde es erdulden müssen.

Erst hörte ich das Klackern der Kugel, danach das Geräusch der Landung. Dann absolute Stille. Ich öffnete vorsichtig ein Auge.

»Zero«, sagte der Croupier gelassen und lächelte mich an.

Es überkam mich.

Sofort drehte ich mich zu Gega. Er schaute mich verblüfft an.

Ich sagte nichts und verschwand durch die dunkelgrüne Tür.

Hier wirst du bis zum Morgen bleiben

◆

»Wie sieht es mit der Einweihungsparty aus? Wollen wir nicht feiern?«, fragte er mich und stellte die Einkaufstüten auf den Tisch. Während ich die Lebensmittel mechanisch auspackte und einsortierte, stellte ich mir vor, wie es sein würde, und verlor jegliche Lust auf ein Essen mit unseren Freunden oder sonst eine Party. Aber Widerspruch hatte sowieso keinen Sinn.

Wir brachten die Wohnung in Ordnung. So viel gab es gar nicht aufzuräumen. Wir hatten nur ein paar Möbel, das Notwendigste, und Klamotten, die in drei Koffer passten. Wir gingen noch einmal einkaufen. Dass wir uns nicht auf meine Kochkünste verlassen konnten, war uns beiden klar.

Gegen Nachmittag riefen wir die Leute an. Die meisten sagten spontan zu und freuten sich.

Die Gäste amüsierten sich köstlich, ich auch. So köstlich, dass ich mir nicht mal Sorgen machte, als um mich herum alle immer mehr tranken. Einer schaffte natürlich mehr als die anderen, wie immer. Zuletzt sind dann endlich die auch total besoffenen türkischen Brüder vom Tisch aufgestanden, um sich nach dem diesmal wirklich letzten Toast auf die türkisch-georgisch-deutsche Brüderschaft auf den Heimweg zu machen. Und dann stand er auf einmal mit in der Tür, weil er sie bei dem Frost auf keinen Fall zu Fuß gehen lassen könne, bis zur Hauptstraße sei es schließlich noch ein gutes Stück zu laufen. Während ich gegen seinen Entschluss zu protestieren versuchte, hatte er schon den Autoschlüssel genommen, seine Jacke auch, und war die Treppe hinuntergerannt. Ich folgte ihm, hängte mich an seinen Hals und bettelte, die Gäste zu Fuß zur Haltestelle zu begleiten, obwohl ich wusste, dass es zwecklos war, ihn von irgendetwas überzeugen zu wollen. Die Brüder folgten uns, inzwischen zögerlich, denn keiner schien scharf darauf zu sein, von einem volltrunkenen Fahrer chauffiert zu werden. Aber er ließ nicht locker, ich wusste, dass ich keine Chance hatte, also ließ ich im zweiten Stock von ihm ab. Sie gingen unter lautem Gebrüll weiter nach unten, ich lief fast geräuschlos zurück nach oben.

Ich zog den pinkfarbenen Pyjama mit der glücklich lächelnden Micky Maus an, den mir meine Tante geschenkt hatte. Mit den nackten Füßen kroch ich in meine Winterpantoffeln mit den großen Bommeln, krempelte die Ärmel des Schlafanzugs hoch, räumte den

Tisch ab, spülte Geschirr. Das Handy hatte er liegen lassen, es hatte keinen Sinn, ihn anzurufen. Zeit verging. Ich versuchte mich abzulenken. Es ist ja nicht das erste Mal, versuchte ich mir zu sagen. Was soll schon passieren, er wird gleich wieder da sein.

Gerade als ich mich entschlossen hatte, mich wieder umzuziehen und ihn suchen zu gehen, hörte ich die Klingel. Sofort machte ich auf, und vor mir standen drei etwa zwei Meter große Polizisten. In ihren unausgeschlafenen Gesichtern sah ich ein antrainiertes, eingefrorenes, aber höfliches Lächeln. Und da war er, sturzbetrunken. Er schaffte es trotz der nach hinten gedrehten Arme und des nach vorn gebeugten Oberkörpers noch, gleichzeitig zu spucken, zu schimpfen, zu fluchen und zu beißen. Außerdem drohte er lauthals, bei allen ihm namentlich bekannten Regierungsmitgliedern wegen Ausländerfeindlichkeit und widerrechtlicher Gewaltanwendung eine Beschwerde einzureichen. Beim Anblick meines kreidebleichen Gesichtes sagte einer der Polizisten mit ruhiger, tiefer Stimme:

»Bitte, machen Sie sich keine Sorgen. Es ist nur so, wir sind hier, weil er in betrunkenem Zustand Auto gefahren ist. Bei der Festnahme hat er Widerstand geleistet, und außerdem ist er ziemlich ausfallend geworden.« Aber warum sprach er in der Vergangenheit? Während der Polizist seinen Bericht runterratterte, kam er kaum an gegen die wüste Litanei, die durchs ganze Treppenhaus zu hören war.

Der Polizist lächelte und sprach ruhig weiter:

»Er hatte keine Papiere bei sich. Deshalb müssen wir seine Angaben überprüfen. Wenn er tatsächlich hier wohnt, möchten wir Sie bitten, uns seinen Ausweis zu geben.«

Keine Ahnung, was ich gemurmelt habe. Woran ich mich erinnere, ist, wie ich mit vor Angst zitternden Händen die Unterlagen aus der Schublade herausgenommen und den Himmel angebettelt habe, den Ausweis zu finden.

Endlich, da war er.

»Hier! Ich fahre mit!« Ich übergab dem Polizisten, was er brauchte. Er lächelte mich an, erklärte mir aber, dass es nicht nötig sei, dass ich mitkäme, im Auto sei ohnehin kein Platz für mich. »Warten Sie bitte fünf Minuten. Ich ziehe mich nur schnell um, sonst erfriere ich da draußen ja.« Ich weiß nicht mehr, ob ich das dachte, ob ich es wirklich sagte oder ob ich vielleicht zu leise war, auf jeden Fall hörte ich sie in den nächsten Stock verschwinden, das Gebrüll wurde schon leiser: »Hör nicht auf diese Hurensöhne! Beweg deinen Arsch! Lass mich nicht alleine fahren! Schneller!«

»Gleich! Gleich!«, sagte ich mit belegter Stimme. Ich

zog mich aus und wieder an. Alles fiel mir aus der Hand, dauerte viel länger als sonst, ausgerechnet jetzt.

Ich steckte meinen Pass zusammen mit dem Handy und dem Wohnungsschlüssel in die Jackentasche und rannte die Treppen mit offenen Schnürsenkeln hinunter. Ich stürmte auf die Straße, aber es war keine Menschenseele mehr zu sehen. Es war eiskalt draußen, aber ich dachte nicht daran, die Jacke zuzumachen oder mir die Kapuze über den Kopf zu ziehen, in meinem Inneren vibrierte es.

Warum hab ich nicht nach der Telefonnummer oder Adresse der Polizeistelle gefragt? Aber ich habe sowieso kein Geld für ein Taxi, und die U-Bahn fährt jetzt auch nicht mehr. Ich ging in eine Richtung, ohne Grund, wechselte die Straßenseite; ich musste etwas tun. Ich rannte, wurde langsamer, hörte auf, die Straße mit den Augen abzusuchen, da war nichts. Wie gelähmt ging ich die Stufen wieder hinauf, im Treppenhaus war es hell, der Boden schimmerte, es war wärmer als draußen, ich begann zu schwitzen und zog die Jacke aus. In der Wohnung setzte ich mich mit Schuhen aufs Bett. Ich beobachtete die Wanduhr und hörte auf jedes Geräusch. Mit schwitzenden Fingern ließ ich den Bildschirm des Handys immer wieder aufleuchten.

Nach zwei Stunden klingelte es endlich an der Tür. Ich erwachte aus einer Trance. Das alles hatte ewig gedauert, auch weil er sich, wie ich später erfuhr, auf der Polizeidienststelle den Finger in den Hals gesteckt und sich auf die vielen Ordner, Papiere und Unterlagen, die sich auf dem Schreibtisch vor ihm stapelten, übergeben hatte.

Ich machte die Tür auf, und noch bevor ich die in den letzten zwei Stunden vorbereitete Erklärung vorbringen konnte, hörte ich: »Warum bist du nicht mitgekommen, Schlampe?!«

Ich blickte kurz in sein von Alkohol und Wut verzerrtes Gesicht, dann flog ich plötzlich nach hinten. Ich erinnere mich nicht, was kurz danach passierte, denn ich war gegen das Waschbecken geschleudert worden und hatte das Bewusstsein verloren.

Deshalb bin ich mir auch nicht sicher, ob er tatsächlich mit angeekeltem Gesichtsausdruck und seiner Fußspitze prüfte, ob ich noch am Leben war. Vielleicht dramatisiert mein Gedächtnis. Woran ich mich aber sehr genau erinnere, ist, wie ich irgendwann zu mir kam und mit Mühe aufstand. Ich tastete meinen schmerzenden Kopf ab und war froh, dass er nicht blutete. Ich trank einen Schluck Wasser, atmete tief ein, ging ins Schlafzimmer, holte den Koffer unter dem Bett hervor, stellte ihn mitten ins Wohnzimmer und begann schweigend, meine Sachen einzupacken.

»Was machst du da?«, fragte er mit vor Wut blau unterlaufenen Lippen.

»Ich gehe«, antwortete ich und dachte, vielleicht überlebe ich das.

»Du gehst nirgendwohin«, sagte er in einer solch gefährlichen Ruhe, dass ich mir fast wünschte, er hätte mich stattdessen noch einmal gegen das Waschbecken geschleudert.

Diesmal ließ ich ihn ohne Antwort. Auch von dem Koffer ließ ich ab und stopfte die nötigsten Sachen in eine kleine Tasche.

»Du willst also gehen, ja? Gut. Dann geh!«

Unfassbarer Lärm. Ich erschrak, blieb wie versteinert mitten in der Bewegung stehen, traute mich aber nicht, mich umzudrehen.

»Dann verpiss dich!«

Noch einmal dieser Lärm.

Ich sah hinter mich. Mit je einer einzigen Handbewegung fegte er alle Sachen von den Regalböden. Ich schaute auf die zerbrochenen CDs. Jetzt zischte er wie eine Schlange, leerte weiter wütend die Regale, eines nach dem anderen. Dann den Koffer. Er zerrte meine Sachen heraus und begann, sie wie verrückt zu zerfetzen.

Ich muss hier raus.

Ich ging zur Tür, nein, ich rannte. Doch nach zwei Schritten stand er schon vor mir und schloss ab, steckte den Schlüssel in seine Hosentasche, packte mich am Handgelenk und drückte so fest zu, dass die Knochen zu knirschen schienen. »Zieh die Schuhe aus!«, befahl er mir.

Ohne mich zu bücken oder den Blick von seinen Augen abzuwenden, streifte ich die Winterschuhe ab. Dann tastete ich barfuß nach meinen flauschigen Pantoffeln und schlüpfte hinein.

»Ich hab's gemacht«, sagte ich so ruhig ich konnte.

Er schleppte mich wortlos ins Wohnzimmer. Die Plastikstücke und Stofffetzen kickte er zur Seite, nahm den Stuhl, stellte ihn in die Mitte des Zimmers, drückte mich darauf und sagte ganz ruhig:

»Hier wirst du bis zum Morgen sitzen bleiben. Ich gehe jetzt schlafen. Und wenn du noch mal versuchst abzuhauen, bringe ich dich um.«

Ich roch seinen Atem.

Dann ging er ins Schlafzimmer, ließ die Tür offen, sodass ich hören konnte, wie er sich auf das Bett warf.

Ich hörte auch seine Stimme: »Den Schlüssel lege ich unter das Kissen, hier, siehst du?!«, teilte er mir boshaft mit.

Bis er eingeschlafen war und ich endlich sein unregelmäßiges Schnarchen hörte, beobachtete er mich aus der Dunkelheit, wie ich mitten in diesem hell erleuchteten Wohnzimmer, zusammengeschlagen und vor Angst zitternd, kerzengerade wie eine Fensterpuppe auf dem Stuhl saß. Ich spürte seinen Blick auf mir.

Wir sind im fünften Stock. Ich kann weder aus dem Fenster springen noch sonst irgendwie hier rauskommen.

Hoffnungslos schaute ich Richtung Fenster, ich konnte es sehen, ohne den Kopf wirklich drehen zu müssen. Draußen war es stockdunkel, mein Spiegelbild schien auf der Scheibe irgendwie verzerrt.

Ich erinnerte mich daran, dass er irgendwelche Medikamente geschluckt hatte, als ich ihn zum ersten Mal aus der Wohnung warf. Ich erinnerte mich auch daran, wie er in der Notaufnahme gelandet war. Die letzte Pille war noch nicht mal in seinem Magen angekommen, als er schon den Notarzt alarmiert hatte, nach dem Motto: »Ich habe versucht, mich zu vergiften, bitte, bitte helft mir so schnell wie möglich!«

Ich muss abhauen!

Ich saß so lange da, ohne mich zu bewegen, bis mein Rücken unerträglich zu schmerzen begann. Ich atmete nicht einmal richtig. Oder so vorsichtig, dass sich das Zwerchfell nicht bewegte.

Die Wanduhr tickte im Schlafzimmer, das Zifferblatt konnte ich nicht erkennen.

Ich muss auf das Schnarchen achten. Vielleicht schläft er schon tief und fest.

Ich hielt den Atem an.

Nein. Er wälzte sich unruhig im Schlaf. Wenn er aufwacht und mich erwischt, macht er wahr, was er gesagt hat. Ganz sicher.

Inzwischen war ich erstarrt wie eine Statue. Meine Glieder waren wie gelähmt, ich hätte es vielleicht nicht mal geschafft aufzustehen, mir tat alles weh. Ich musste etwas tun. Ich sah in seine Richtung, während ich den linken Fuß sehr vorsichtig bewegte.

Was, wenn ich sage, ich müsse aufs Klo? Deswegen bringt man doch niemanden um, oder? Ich kann doch nicht wirklich bis zum Morgen hier sitzen bleiben. Vielleicht ist er inzwischen nüchterner geworden …

Ich stand mit knirschenden Knochen auf und bewegte mich in Zeitlupe.

Ich schlich Richtung Schlafzimmer. Während ich mich dem Raum näherte, hörte ich die ganze Zeit mein Herz rasen. Ganz langsam übertrat ich die Schwelle in die Dunkelheit, damit sich meine Augen daran gewöhnen konnten und ich nichts umstieß. Das unregelmäßige Schnarchen bekam endlich die Konturen seines Körpers. Die Arme hatte er wie ein Gekreuzigter von sich geworfen, um den Hals hing das Kreuz, das er immer trug. Er lag da mit offenem Mund, der Kopf auf, der Schlüssel unter dem Kissen.

Ausgeschlossen! Falls er aufwacht, wird er mir die Lampe an den Kopf schmettern. Mein Blick ruhte ängstlich auf der Keramik-Lampe, die neben dem Bett stand, versuchte zu begreifen, wie schwer sie war. Rückwärts bewegte ich mich wieder hinaus und stellte mich in das unerträglich grelle Licht des Wohnzimmers.

Was jetzt? Wenn er mich erwischt, bevor ich den Schlüssel habe, bin ich tot.

Wieder blickte ich hoffnungslos zum Fenster, da war ich wieder, blass, verzerrt, mit weit aufgerissenen Augen und hochgezogenen Schultern. Ich schlich zurück ins dunkle Schlafzimmer.

Vater unser, der du bist im Himmel … Unmöglich, es auch nur zu Ende zu denken. Gotthilfmirgotthilfmir …

Sobald ich den Schlüssel in meiner Hand spürte, verlor ich jede Vorsicht und ging rasch Richtung Tür, griff nach der auf dem Boden liegenden Jacke, zog die Schuhe an, meine Hände zitterten, mein ganzer Körper stand unter Spannung. Ich schaffte es irgendwie, den Schlüssel in das Schloss zu stecken. Das erste vorsichtige Klicken – auf einmal das Klingeln seines Handys mitten in die Stille hinein. So laut, dass es irreal schien, ich erstarrte, jedes einzelne Haar an meinem Körper stellte sich mit einem Rascheln und Knistern auf, sie alle ergrauten im gleichen Moment. Das Bild der Dunkelheit, der schwarzen Silhouette des Handys auf dem Nachttisch. Daran hatte ich nicht gedacht, das war nicht vorgesehen. Wer ruft ihn verdammt noch mal so spät noch an?

Ich wollte den Schlüssel das zweite Mal umdrehen, aber die Vorstellung der fünf Stockwerke und des endlos langen Fußwegs bis zur Hauptstraße trennten meinen Körper von meinem Kopf; ich gab auf.

Es hörte ganz plötzlich auf, das Schnarchen, nicht das Klingeln. Ich weiß nicht, ob ich noch atmete.

Geräuschlos zog ich den Schlüssel aus dem Schloss, ganz vorsichtig. Ich hielt ihn fest umklammert in der Faust und steckte ihn dann in die Jackentasche. Ich bin einfach auf Toilette gewesen, ja, genau so war es. Ich musste ruhig weiteratmen. Ein Schatten schlich ins Wohnzimmer, ich saß wieder auf dem Stuhl.

Verdammt! Die Jacke! Wozu braucht man eine Jacke, wenn man nur aufs Klo geht?

Ich schaute verzweifelt auf meine Schuhe mit den offenen Schnürsenkeln. Das verflixte Handy war endlich still geworden. Ich versuchte, in der Schwärze des Schlafzimmers etwas zu erblicken, aber es war zu dunkel, keine Chance. Ich sah nur das rote Blinken des verpassten Anrufs auf dem Nachttisch.

Welcher Vollidiot ruft um diese Zeit bloß an?, fragte ich mich noch einmal.

Ich spürte, wie mir ein Schweißtropfen über die Stirn lief, erst langsam, dann schneller, bis er mir von der Nasenspitze tropfte und auf meinem Schoß landete. Ein zweiter folgte. Wieder rollte er mir langsam über das

Gesicht, und plumps! Schwarze Flecken auf meiner hellen Jeans.

Es ist kein Schweiß, ich glaube, ich weine. Ich drehte den Kopf zu dem Mädchen im Fenster. Ich muss weg. Die Tasche liegt neben der Tür, die Schuhe habe ich an, auch die Jacke. Der Schlüssel steckt in der Tasche. Die erste Umdrehung habe ich schon geschafft. Nur eine bleibt noch übrig, die schaffe ich schon. Genau! Ich stehe auf, jetzt. Eins, zwei, drei, spring! Vier Stufen, fünf, sechs. Vorsichtig, fall nicht hin! Die Schnürsenkel sind immer noch offen. Sieben, acht, neun … spring! Spring noch einmal! Mache ich zu viel Krach? Schafft er es noch, mich einzuholen?

Ich knallte mit voller Wucht gegen die Haustür, drückte sie auf, fiel nach draußen, strauchelte, lief die Straße hinunter. Dann schaute ich mich um. Das Gebäude lag im Dunkeln, nur aus unserem Fenster schien wie eine Warnung grellgelbes Licht.

In der Ferne Autolichter.

Das Taxi hielt genau vor meinen Füßen. Die hintere Tür wurde mit einstudierter Bewegung von innen geöffnet. Als ich die Adresse angab, die Lippen wahrscheinlich blau vor Kälte, richtete der Fahrer zunächst den Rückspiegel, betrachtete mich aufmerksam und raste dann mit Vollgas los.

Ich weinte, Schweiß und Hitze hatten mit den Flecken, die sich auf meiner Hose bildeten, überhaupt nichts zu tun.

Der Fahrer schaute mich wieder aufmerksam an, und dann fragte er mich vorsichtig:

»Soll ich Sie vielleicht zur Polizei bringen?«

»Nein, fahren Sie mich zu der Adresse, die ich Ihnen genannt habe.«

Er reichte mir, ohne sich umzudrehen, Taschentücher und blickte eine Zeitlang nicht mehr zu mir nach hinten. Ich schnäuzte und versteckte mich hinter der Kopfstütze.

Plötzlich fiel mir das Geld ein, und ich öffnete leise das Portemonnaie, das ich aus meiner Hosentasche fischte. Erst jetzt merkte ich, dass mir der Zeigefinger und das Handgelenk wehtaten. Ich zählte das Kleingeld geräuschlos und schaute erschrocken auf den Zähler. Als ich das Taxi gerade anhalten und aussteigen wollte, machte der Fahrer den Zähler einfach aus und schaute wieder vor sich hin. Jetzt verlor ich die Kontrolle, ich begann zu schluchzen, den Kopf in die Rückenlehne des Fahrersitzes gepresst, die ich schmerzhaft mit den Fingern umklammert hielt.

Der Fahrer hielt an, stieg aus, nahm zwei Zigaretten aus seiner Schachtel, klopfte sanft an die Scheibe und hielt eine in meine Richtung.

Ich öffnete die Tür mit einem dankbaren Seufzer, stieg langsam aus, ohne ihn anzuschauen, und genoss jeden einzelnen Zug. Dann fuhren wir langsam weiter.

»Willst du wirklich nicht, dass ich dich zur Polizei bringe?« Im Rückspiegel begegnete ich seinem besorgten Blick.

»Nein, danke.« Ich war jetzt ruhiger, ich konnte ihn ansehen, ich meinte es ernst.

Wir hielten wieder an. Auch diesmal stiegen wir beide aus.

»Du brauchst nicht zu bezahlen. Zu Hause hab ich drei unverheiratete Schwestern sitzen.« Der Taxifahrer versuchte einen Scherz zu machen, der misslang, ich lächelte ihn vorsichtig an. Dann reichte er mir seine Visitenkarte.

»Falls du mal ein Taxi brauchst oder so … Keine Ahnung …«

Ich schaute zu ihm auf und umarmte ihn. Die schmerzende Wange legte ich auf seine Schulter, wo sie für einen kurzen Augenblick ruhte. Seine Jacke roch nach Leder und Zigaretten. Er klopfte mir mit der Hand auf den Rücken, sehr behutsam und irgendwie verlegen.

»Hab keine Angst. Alles wird gut.«

»Ich weiß.«

Ich klingelte lange an der Tür meiner Freundin.

Der Morgen brach langsam an, und es wurde hell.

KLEINANZEIGEN

VERMIETE
Stabiles Zusammenleben. Inklusive durch den Erwerb neuer Einrichtungsgegenstände gemeinsam empfundener Freude, einer Bedienungsanleitung für gute Hausfrauen und richtige Männer sowie dem Lehrbuch *Wie erziehe ich mein Kind zu einem echten Patrioten*. Außerdem haben Sie die Möglichkeit, wohlwollende und aufmerksame Nachbarn selbst auszuwählen.

VERKAUFE
Mein Lebenszerstörungstalent. Da es fehlerfrei nur beim Original-Inhaber funktioniert, besonders günstig abzugeben.

UNTERRICHTE
Lebemänner im Fach Kummer. In drei Monaten bringe ich Sie auf die letzte, die »Bitte, lass mich springen«-Stufe. Absolute Erfolgsgarantie!

MASSANFERTIGUNG
Von stabilen, stark diskussionsfähigen Dogmen nach individuellen Maßen. Langjährige Erfahrung in der Zusammenarbeit mit verschiedenen religiösen Institutionen vorhanden.

TAUSCHE

Scheue und von Selbstzweifeln geplagte kleine Brüste gegen selbstsichere mit Körbchengröße ab 75C. Bitte keine Brüste mit großen und frechen Brustwarzen.

AUSFLUG

In das sagenumwobene Labyrinth der Gehirnhöhlen. Vor allem widerliche und verdunkelte Ecken werden besichtigt. Interessenten mit schwachen Nerven, hohem Blutdruck oder überstandenem Herzinfarkt werden gebeten, von der Teilnahme abzusehen. Für Rettungswagen nur unzureichend zugänglich.

VERSCHENKE

Die altmodische, von meiner Mutter gebrauchte Bescheidenheit. Sie ist zwar aus der Mode gekommen, aber dennoch von guter Qualität. (Die Größe passt mir einfach nicht.) Ich werde sie jedem Interessenten schenken, der glaubt, dass er verdient hat, sie zu tragen.

MIETGESUCH

Gesunde Nichtraucherlungen für zwei Jahre zum Experimentieren. Die Aufwandsentschädigung beträgt eine Schachtel Zigaretten pro Tag. Die Interessenten wenden sich bitte an die folgende Adresse: Berlin, TB Prophylaxe-Zentrum.

ÖFFNE

Verschlossene Türen in die Zukunft und alle Arten von Zeitschlössern.

IMMOBILIEN

Neues Herz mit vielen Kammern und unbefristetem Wohnrecht. Jedem Interessenten wird ein Platz garantiert.

VERLOREN

Innere Ruhe, den Weg nach Hause, einen wunderbaren Traum, einen Kindheitsfreund und den Appetit. Biete großzügigen Finderlohn.

Absurdes Theater

◆

»In einer halben Stunde an der Ecke«, war alles, was er gesagt hatte. Dann war nur noch das Tuten der abgebrochenen Verbindung zu hören.

Sie zog sich hektisch an und stürzte fast in die Küche. Vorher wischte sie sich über das Gesicht, sie schwitzte, fühlte schon jeden Knochen. Sie musste sich konzentrieren. Am Tisch saß ganz in Schwarz ihre Tante mit den dunkelblauen wässrigen Augen, die sie liebevoll anschauten. Mit ihrer angenehm tiefen Stimme fragte sie:

»Bist du schon wach, mein Engelchen?«

»Ja, ein Freund wartet draußen. Ich muss gleich los.«

»Iss doch eine Kleinigkeit.«

»Nein, hab keinen Hunger und auch keine Zeit… Kann ich nur schnell einen Kaffee trinken?«

Nach einigen Minuten pustete sie auf den heißen schwarzen Kaffee, nahm hektisch ein paar Schlucke, verbrannte sich fast die Zunge und band ihre alten Sneakers zu. Sie fielen fast auseinander.

»Du siehst deinem Vater so ähnlich«, sagte ihre Tante versunken. Dann drehte sie sich um, um das Geschirr abzuwaschen. Das Mädchen konnte ihr Gesicht zwar nicht mehr sehen, aber sie wusste, dass sie wieder weinte.

»Vergiss nicht, heute Abend in die Kirche zu kommen«, sagte die Tante. Sie versuchte, die Tränen zu verstecken, die Stimme klar zu halten, aber sie klang erstickt.

Dem Mädchen zerriss es noch immer jedes Mal fast die Brust, wenn sie sie so sah, ihre Trauer mischte sich mit der eigenen, die nie mehr vergehen würde. Aber sie hatte keine Zeit dafür, nicht jetzt, sie wollte nicht mehr, war auf einmal gereizt.

»Wenn ich es vergessen könnte, wären wir wohl alle besser dran«, platzte es aus ihr heraus. Sie warf diesen Satz einfach in den Raum, ließ den Kaffee stehen und knallte die Tür hinter sich zu.

Sie hatte die Autotür noch nicht einmal zugezogen, als sie Zuka ungeduldig fragte, was los sei.

»Ein Kumpel aus Sololaki bringt uns gleich das Feinste vom Feinsten. Na, wie klingt das?«

»Ich werde aber nicht im Beisein von irgendeinem Typen fixen.«

»Ja, ja, weiß ich ja.« Er ließ den Motor endlich an. »Ich beeile mich, versprochen, den Rest nehmen wir mit. Ich kann in dem Zustand kaum noch Auto fahren.«

Sie rasten schon Richtung Sololaki, das alte Viertel

von Tbilissi, es war nicht weit. Sie parkten im Hof eines halb eingefallenen Hauses und warteten. Jeder für sich saßen sie in der Hitze, Stille zwischen ihnen. Dann ging endlich die Hintertür auf, und ein Typ, der sich nervös die Hände rieb, kam auf das Auto zu.

Das Mädchen stieg aus und zündete sich eine Zigarette an. Der Typ ließ sich auf die Rückbank fallen. Draußen war es viel weniger heiß als im Auto, ein leichter Wind strich ihr über den schweißnassen Körper.

Zuka klopfte ans Beifahrerfenster, endlich. Sie trat die Zigarette auf dem staubigen Boden aus und stieg wieder ins Auto. Zuka sah erleichtert aus. Sie fuhren gemeinsam über die schmale Einfahrtstraße nach draußen.

»Ich steige hier aus«, sagte der Typ nach ein paar Minuten.

Und plötzlich begann es, sie fand sich wieder in einem absurden Theaterstück: In Sekundenschnelle, als hätte jemand einen Zauberstab geschwungen, wurde die Kulisse um sie herum lebendig. Der ältere Herr mit der Brille, der gerade noch unbekümmert am Baum gelehnt und eine Zeitung gelesen hatte, der sportlich gekleidete Junge, der seinen Hund spazieren führte und die Schalen von Sonnenblumenkernen im Tempo eines Feldhäckslers ausspuckte, standen plötzlich mit gezogenen

Waffen und Funkgeräten vor und hinter dem Wagen. Auch die anderen Fußgänger hatten sich in Sekundenschnelle in brüllende, drohend mit den Augen rollende Monster mit gespannten Halsschlagadern verwandelt. Sie umringten das Auto und befahlen den Insassen, herauszukommen.

Der blass gewordene Zuka stieg mit fast einstudierter Bewegung aus dem Auto aus und legte die Hände gehorsam auf das Dach. Der andere Typ hatte versucht wegzurennen, wurde aber schon in einer höchst unbequemen Position auf die Erde gedrückt. Ein Auto kam um die Ecke geschossen und stellte sich vor ihres, von hinten rasten gleich zwei Wagen auf sie zu, und die ohnehin schmale Straße wurde von allen Seiten abgeriegelt, wie in einem Gangsterfilm.

Das Mädchen saß einfach nur da, sie schaute so ungläubig, dass einer der Rambos wohl Mitleid mit ihr bekam und irgendwie freundlich zu ihr sagte: »Innenministerium.« Irgendeine Abteilung. Irgendein Rang und ein Name. Machen Sie sich keine Sorgen und steigen Sie bitte aus dem Wagen!

Sie stieg aus dem Auto, ihre Gliedmaßen bewegten sich wie die einer Puppe.

Sie wurden mit brutalen Gesten auf die verschiedenen Wagen aufgeteilt, vorangetrieben wie Schlachtvieh. Von beiden Seiten quetschten sich zwei riesige Bullen zu ihr auf die Rückbank. Vor den Toren eines hohen, bedrückend grauen Gebäudes hielten alle drei Autos gleichzeitig an. Wie im Film, aber ehrlich!

Als sie ausstiegen, sah das Mädchen trotz der vielen Menschen nur Zukas kreidebleiches und angespanntes Gesicht.

Im Fahrstuhl drückte einer der Bullen auf den obersten Knopf.

Wenn sie mich von da oben runterschmeißen, sterbe ich schon, wenn ich noch in der Luft bin, dachte sie erschrocken.

Auf dem Weg nach oben stoppte der Aufzug. Während sich irgendein Typ mit verschwitztem Hemd grüßend und verlegen keuchend zu ihnen hereinquetschte, drückte Zuka ihr schnell etwas in die schweißnasse Hand. Sie blickte nur einen kurzen Augenblick in sein Gesicht und begriff alles. Sie spürte die Trauer, die sie immer in sich trug, jetzt als schweren Kloß in ihrem Brustkorb. Sie steckte sich das Päckchen blitzschnell in die Unterhose. Keiner merkte etwas.

Im obersten Stockwerk wurden sie aus dem Fahrstuhl gestoßen, einen langen Flur entlang geführt. Auf beiden Seiten reihten sich identische Türen aneinander. Sie gingen still und mit gleichmäßigen Schritten. Zuka wurde grob in ein Zimmer geschubst, und die Tür schlug hinter seinem Rücken zu. Sie führte man in einen Raum auf der anderen, rechten Seite des Gangs. Zu ihr waren sie höflicher. Die Tür blieb halb offen stehen.

Also setzte sich Jesus an die rechte Seite Gottes, unseres Vaters.

»Bitte schön!«, sagte ein junger Polizist auf den Stuhl zeigend, als hätte er ihre Gedanken gelesen. Er klopfte ihr leicht auf die Schulter.

Der hat so ein dämliches Gesicht, der hat bestimmt noch nie ein Märchen gelesen, geschweige denn die Bibel, dachte sie. Dann sah sie sich um. Hier gab es alles nur in der Einzahl: einen Aktenordnerschrank, einen Tisch, einen ausgeschalteten Ventilator, eine Lampe. Nein, hier, zwei Stühle. Ein kleines Fenster. Da passt niemand so leicht durch.

Ein älterer, fettleibiger Typ kam herein. Er trug ein kariertes Hemd, setzte sich seufzend auf den Stuhl ihr gegenüber und holte ein Stofftaschentuch hervor, ebenfalls kariert, aber in anderen Farben als das Hemd. Wahrscheinlich ist seine Frau farbenblind. Mit dem Taschentuch wischte er sich über die vom Schweiß bedeckte Stirn und stellte die erste Frage: »Also?«

Sie war auf alles gefasst und vorbereitet gewesen, aber darauf nicht. Also? Der Typ tupfte sich noch einmal über die Stirn, rollte das Taschentuch gleichmäßig zusammen, stopfte es sich in den vom Schweiß verfärbten Kragen und formulierte die Frage expliziter:

»Also, erzähl mal. Was? Wie? Wo? Von Anfang an.«

Das Mädchen schaute auf seine Stirn, auf der sich sofort wieder Schweißtropfen gebildet hatten, und fing zögernd an zu sprechen:

»Ich weiß eigentlich gar nichts. Zuka ist mein Freund, schon seit wir ganz klein sind. Heute hat er mich angerufen und mich zum Essen eingeladen. Er kam gegen Mittag vorbei.« Gott! Wenn ich nur wüsste, was er erzählt … Verdammt! Warum haben wir uns nie eine Geschichte für so einen Fall ausgedacht? »Dann sind wir los, wir wollten ein bisschen rumfahren. Unterwegs wollte er einen Kumpel treffen, hat er gesagt, also sind wir über Sololaki gefahren. Ich hab im Hof noch eine geraucht. Als wir dann wieder fahren wollten … Na ja, was dann passiert ist, wissen Sie ja …« Nach anfänglichem Zögern versuchte sie sich an einem etwas lockereren Schluss.

»Natürlich wissen wir das, Schätzchen«, lachte er auf einmal. »Wir wissen sogar noch viel mehr. Jetzt gilt es nur noch herauszufinden, wer von euch dreien den Stoff eingesteckt hat. Wenn du ihn hast, rate ich dir, ihn freiwillig rauszurücken und zu gestehen, dass er deinem Junkie-Freund gehört. Wir wissen sowieso alles über ihn. Dann werden wir nur ein Formular ausfüllen und du kannst nach Hause gehen, Mädchen.« Er beendete den Satz mit einem zufriedenen, pflichterfüllten

Lächeln und lehnte sich auf dem unter seinem Gewicht ächzenden Stuhl zurück. Sie schaute ihn an.

»Ich habe nichts … Ehrlich. Vielleicht könnten Sie mir mein Handy zurückgeben. Tante Marie wird mich sicher anrufen«, sagte sie zaghaft. Und bei der Vorstellung, wie in ein paar Stunden ihre auf einen Menschen reduzierte, einst große Familie zusammen mit einigen Freunden und Verwandten am ersten Todestag ihrer Eltern auf sie warten würde, verließ sie wirklich der Mut. Die ganze Trauer war wieder da, mitten in diesem kleinen Raum wurde sie davon fast erdrückt.

»Deine Tante? Bist du ein Findelkind, oder was?«, witzelte der Erste, der die ganze Zeit wortlos am Fenster gestanden, und dann mit seinen neuen, unerträglich glänzenden Schuhen im vollen Bewusstsein seiner Überlegenheit hinter ihrem Rücken auf und ab gegangen war. Das Quietschen dieser Schuhe machte sie wahnsinnig.

»Meine Eltern sind verstorben, und es heißt nicht Findelkind, sondern Waise.« Die Wut drückte ihr den Hals zu.

»Mädchen, wenn du zu deiner Tante willst, gib den Stoff her. Sag, wem er gehört, und wir finden eine Lösung.« Der Zweite versuchte, den fürsorglichen, väterlichen Tonfall beizubehalten.

»Wenn wir dich allerdings durchsuchen müssen, Göre, und was bei dir finden, wird dir nicht mal der Erzengel noch helfen können. Und auch kein Schmiergeld, das kannst du vergessen!« Sie hörte sogar an der Stimme, wie der Erste hinter ihrem Rücken selbstgerecht grinste.

»Ach komm, hör auf! Du brauchst ihr keine Angst einzujagen. Sie scheint ein kluges Mädchen zu sein und hat sicher längst verstanden, was zu tun ist.« Der zweite Hurensohn lächelte sie ruhig an. Ich muss meinen Arsch retten, solange ich noch kann. Sie ging in Gedanken ihre Bekannten durch, aber da alle, die ihr irgendwie helfen könnten, Freunde der Familie waren, musste sie deren Eingreifen ausschließen.

»Der Präsident ist ein guter Freund unserer Familie«, sagte sie auf einmal und konzentrierte sich auf die Erinnerung an das Foto, auf dem sie tatsächlich mit dem Präsidenten zu sehen ist. Es war rein zufällig mal irgendwo geschossen worden. Eine Geschichte musste man sich zuerst selbst glauben, dann war es kein Problem, auch andere von ihr zu überzeugen.

»Mir ist scheißegal, wer dein guter Freund ist, du kleine Rotzgöre«, zischte der Erste hinter ihr.

»Ich hab nichts, wirklich nicht«, wiederholte sie stur.

»Gut, wenn du meinst…« Der Zweite redete weiter mit gezuckerter Stimme. »Wir dürfen dich sowieso nicht durchsuchen. Also werden wir gleich unsere Mitarbeiterin herbestellen, du wirst dich ausziehen, und sie wird dich durchsuchen, und egal, was du wo versteckt hast, sie wird es finden.« Während er sprach, fixierte er mit erregtem Blick all die Stellen, an denen sie seiner dämlichen Meinung nach etwas versteckt haben könnte, eine nach der anderen. Dann leckte er sich über die dicken Lippen und fügte mit veränderter Stimme hinzu:

»Und wenn sie etwas findet, wirst du dein blaues Wunder erleben!«

Sie wandte sich. Versuchte, ihren Atem zu kontrollieren und ihren Blick. Er darf nichts merken. Sonst bin ich geliefert …

Sie dachte an das Handy. Sie stellte sich das Gesicht ihrer Tante vor, die immer nur die Mailbox erreicht, die Anzahl verpasster Anrufe, die Panik in der Kirche. Sie muss raus! Aber wie willst du mit dem an deinem schwitzenden Körper klebenden Päckchen hier rauskommen?

»Meine Eltern sind letztes Jahr bei einem Verkehrsunfall gestorben. Heute ist der erste Todestag. Ich habe nur eine Tante väterlicherseits, bei der ich lebe. Sie ist herzkrank, sie darf sich auf keinen Fall aufregen. Sie hat schon zwei Infarkte hinter sich. Einen dritten wird sie sicher nicht überleben.« Alles, was ihr blieb, war die Mitleidstour, und die wirkte einfach besser, wenn sie die kerngesunde Tante mit einem Bein ins Grab steigen ließ, also tat sie es. Ohne zu zögern.

Während sie sprach, steckte jemand den Kopf durch

die Tür und gab dem Zweiten ein Zeichen. »Ich komme gleich zurück«, unterbrach er das Mädchen und verließ das Zimmer. Die Tür war nicht richtig zu, also nahm man aus dem Flur ein unverständliches Murmeln wahr. Verdammt. Was passiert da?

Er kam keuchend zurück und trocknete sich mit dem Taschentuch, das er jetzt hinten aus dem Kragen zog, wieder die Stirn. Er schaute ihr eindringlich in die Augen.

»Sie ist nicht high, oder?«, fragte er in den Raum hinein, wahrscheinlich seinen Kollegen.

Das Mädchen spürte zum ersten Mal Erleichterung.

Der Erste näherte sich ihr, drehte sie mit einer groben Bewegung zum Fenster, schaute ihr aufmerksam in die Augen und sagte enttäuscht:

»Nein, ich glaube nicht.«

Vielleicht konnte sie hier tatsächlich rauskommen. Man muss es zuerst sich selbst glauben.

»Also gut, wir konnten bei deinem Freund nichts finden. Man hat ihm sogar in den Arsch geschaut.« Er sah sie an. Sie hielt stand.

»Jetzt bist du an der Reihe«, sagte er leise, er zischte es fast. »Im Auto war nichts, in deiner Tasche wurde nichts gefunden. Zum Wegschmeißen hattet ihr keine Zeit. Aber irgendwo muss das Zeug ja sein.« Die Stille zwischen ihnen war angespannt. Sie blinzelte nicht. »Ich warne dich zum letzten Mal. Rück es freiwillig raus, und mach uns nicht wütend. Wir können hier auch ganz andere Saiten aufziehen, und das würde uns sogar Spaß machen, glaub mir.« Wieder leckte er sich über die fleischigen Lippen. Sie sah ihm zu, als wäre sie noch immer in einem Film. Ja, genau, das hier war einfach ein Film, der nichts mit ihr zu tun hatte. Sie schaute nur zu.

»Zeig mal deine Arme her.« Der Erste hatte plötzlich einen Geistesblitz.

Das war's. Ich bin am Arsch. Sie krempelte langsam den rechten Ärmel zur Hälfte hoch und zeigte die Stelle mit den wenigsten blauen Flecken.

»Weiter, weiter!« Sie entblößte den ganzen Arm, in ihrem Kopf wurde es still, und sie saß da mit hängendem Kopf und schlaffen Gliedern. Ihr Körper fühlte sich ganz klein an. Wie der eines Vogels.

»Zeig den anderen, du Schlampe!« Ohne auf ihre Reaktion zu warten, packte er ihren linken Arm und zog den Ärmel rabiat nach oben. Sobald er die einem Reißverschluss ähnliche Reihe der Einstichstellen sah, lachte er zutiefst verächtlich. Er hatte gewonnen.

»Sieh mal, in welchem Zustand diese Schlampe ist!« Klatsch. Eine schwere Hand traf sie auf den Hinterkopf. Er beschimpfte sie, aggressiv, angeekelt, übermächtig.

»Was ist das, du Nutte?« Vor Wut bebend, zerrte er an ihrem schmerzenden Arm. »Ich frag dich, was das sein soll?« Er schrie, packte sie an den Haaren.

Vor Angst spürte sie keine physischen Schmerzen, sie schämte sich nicht. Sie war panisch, malte sich aus, was als Nächstes passieren würde, aus ihrem Hals kamen grausame Geräusche, das hier war die Realität.

»Ist gut. Lass sie los!« Nachdem er den Jüngeren hatte toben lassen, wandte der Zweite sich ihr wieder mit fürsorglichem Tonfall zu:

»Hör zu, Kindchen. «

»Nix da mit Kindchen! Diese durchgefickte Hure!« Der schwere Schlag traf sie diesmal im Nacken.

»Es reicht!«, stoppte ihn der Zweite.

»Lasst mich zu Hause anrufen, bitte!« Ihre Stimme klang so erbärmlich, ihr Gesicht war tränenüberströmt, sie hatte gar nicht gemerkt, wann sie angefangen hatte zu weinen.

»Sobald du ein Geständnis gemacht und uns den Stoff gegeben hast, darfst du nicht nur anrufen, sondern du wirst von mir persönlich nach Hause chauffiert«, kreischte der Erste jetzt fast. Dass sie jetzt auch noch weinte, schien ihn wirklich glücklich zu machen.

»Wieso machst du so ein Theater? Leg die Drogen auf den Tisch, schreib auf, was wir dir sagen, und dann geh zu deiner Tante oder Kusine oder wem auch immer.«

Das Mädchen saß still.

»Übrigens, Respekt! Du scheinst in der Tat eine treue Seele zu sein und versuchst, deinen Freund zu decken.

Er hat deine Treue und Hingabe aber nicht verdient. Er hat dich bereits verpfiffen. Weil du ihm nämlich am Arsch vorbeigehst.«

Sie glaubte nicht, dass Zuka sie verraten könnte, aber dann dachte sie an die Situation im Fahrstuhl.

Blitzartig erschien der Gedanke an Verrat.

»Wenn du meinen Rat hören willst, würde ich dir empfehlen, jetzt langsam den Mund aufzumachen, andernfalls müssen wir dir ein bisschen auf die Sprünge helfen, Mädchen. Wir haben hier auch nicht ewig Zeit, wie du dir sicher vorstellen kannst …« Während er sprach, öffnete er eine Tür des Aktenschranks, holte etwas hervor und schmiss ein Päckchen wie das in ihrer Unterhose vor sie auf den Tisch.

»Das haben wir bei der Durchsuchung in deiner Tasche gefunden.« Jetzt lachte er widerlich, wie eine Hyäne.

»Je länger du auf stur stellst, desto mehr werden wir bei dir finden.« Sie hörte das Quietschen der Schuhe hinter sich.

Der Zweite tupfte sich die Stirn mit dem klatschnassen Taschentuch.

»Dieser verdammte Ventilator musste ja ausgerechnet heute den Geist aufgeben«, wandte er sich plötzlich jammernd an den Ersten.

Irgendwann war es dunkel geworden. Wie viel Zeit vergangen war, wusste sie nicht, aber dass ihre Tante inzwischen wahrscheinlich wirklich mit einem Herzinfarkt in der Notaufnahme lag, war ihr bewusst.

»Ich hab nichts«, wiederholte sie trotzig.

»Gut«, antwortete der Zweite sichtlich genervt. Jetzt veränderte sich etwas. »Geh und hol Tsiala«, wandte er sich dem Ersten zu, der mit zufriedenem Hecheln schon über den Korridor lief, bevor der Befehl ganz ausgesprochen war.

Solange wir alleine sind, muss ich es schaffen, dachte sie. Sofort stand sie auf und zog sich wortlos die Jacke aus. Dann machte sie sich an ihrem Gürtel zu schaffen. Sie wusste, dass die Schnalle klemmte, und versuchte dadurch, einige wertvolle Sekunden zu gewinnen.

»Was machst du da, Mädchen?«, fragte der Dicke sichtlich schockiert.

»Was ich mache? Eure Tsiala kann mich mal am Arsch lecken!« Sie sah ihn an, trat einen Schritt auf ihn zu und begann zu schreien.

»Ich zieh mich jetzt und hier aus, und wenn ihr nichts findet, werde ich eure Mütter einzeln ficken lassen, hast du mich verstanden? Ich lebe seit zwei Jahren in Frankreich. Ich werde bald die französische Staatsangehörigkeit bekommen. Der Antrag ist gestellt, es sieht gut aus.«

Sie wusste selbst nicht, woher sie das gerade holte.

»Hier habe ich keine verdammten Drogen genommen. Ich bin wegen des Todestags der Eltern angereist.«

Bestimmt lachen sie mich lauthals aus, wenn sie sehen, dass ich die Staatsgrenzen noch nie in meinem Leben auch nur ein einziges Mal überschritten habe.

Sie schrie so laut sie konnte. Gleichzeitig schnellten zitternde Gedanken durch ihren Kopf. Sie ließ sie nicht zu. »Nehmt mir doch Blut ab. Ich habe keine verdammten Drogen genommen, ich trage sie nicht bei mir, nichts davon!«

In diesem Moment gab die Schnalle nach und sie begann, sich heulend und sabbernd die Hose auszuziehen. »Für wen haltet ihr mich eigentlich? Ich lasse euch alle in den Knast werfen, ihr Wichser!«

Werde ich sofort eingesperrt, wenn sie es finden?

»Du siehst doch, dass ich nichts habe!«

Hoffentlich sieht er nichts.

»Hol alle her, von mir aus das ganze Ministerium, und zeig ihnen, dass ich nichts habe, du Wichser!«

Gott, lass nicht zu, dass er wirklich jemanden holt!

Sobald sie das Bein aus der Hose befreit hatte, erwachte der Dicke aus seinem Trancezustand, sprang hastig auf, wusste gar nicht, wohin mit sich. Er lief zur Tür, schaute den Gang auf und ab und schloss sie schnell. Er fragte mit röchelnder Stimme: »Was machst du denn da, Mädel? Bist du nicht ganz dicht?« Dann musterte er sie kurz und sagte halb bittend, halb befehlend:

»Zieh dich sofort wieder an!«

Sie sah zu ihm auf, hielt inne. Dann zog sie die Hose wieder an, berührte dabei mit zitternden Fingern ganz sanft das Päckchen. Sobald sie den Reißverschluss zugemacht hatte und wie ein schwerer Stein auf den Stuhl gefallen war, klopfte jemand an die Tür. Ohne auf Antwort zu warten, betrat der Erste das Zimmer. Ihn begleitete eine Frau.

»Ich brauche dich nicht mehr. Geh!«, sagte der Zweite, ohne den Kopf zu heben, und begann, in der unteren Schublade des Tischs zu graben.

»Was ist passiert?«, fragte der Erste. Sie sah, wie Ekel und Enttäuschung ihn überkamen, als ihre Blicke sich trafen.

»Nichts«, antwortete der Dicke müde. Dann nahm er ein Formular aus der Schublade heraus und schob es über den Tisch.

»Schreib auf, was du vorhin erzählt hast.«

»Was?« Das Mädchen schaute ihn verblüfft an.

»Schreib, dass du im Ausland an falsche Leute geraten bist.«

Die Stimme in ihr lachte auf. Du musst es selbst glauben, siehst du?!

»Du hast einige Mal harte Drogen probiert, aber dann hast du einen Entzug gemacht, und jetzt bist du weg davon. Und schreib noch was zu deinem Freund.«

»Was soll ich denn über meinen Freund schreiben?«,

fragte sie nervös und starrte auf den Kugelschreiber in ihrer Hand.

»Was du vorhin gesagt hast: dass ihr zum Essen gegangen seid, dass du nichts gesehen hast … Schreib doch irgendwas auf, Teufel noch mal!« Er verlor plötzlich die Beherrschung.

Während sie hastig schrieb, verließ der Erste mit den quietschenden Schuhen den Raum und knallte die Tür hinter sich zu. Der Zweite nahm ihr ausgeschaltetes Handy aus seiner Hosentasche und machte es an. Die Begrüßungsmelodie war nicht mal zu Ende, als sie ihren Klingelton hörte.

Die Tante!, dachte das Mädchen.

»Die Tante«, sagte der Dicke und reichte ihr wie der handgewaschene Pilatus das Handy.

Sie hatte weder Zeit noch Kraft, sich etwas auszudenken. Sie seufzte wie ein Kalb auf dem Weg zum Schlachthof und begann mit möglichst ruhiger Stimme:

»Ja, Tante, ich bin im Innenministerium. Ich erklär dir alles später. Bloß keine Panik! Bitte, Tante, weine doch nicht.« Ihre Stimme bekam einen Riss. »Wen willst du anrufen? Ich sag doch, alles ist gut. Sie lassen mich gleich gehen.«

Sie schaute den Dicken flehend an. Er nickte kaum merklich und nahm ihr das Handy ab.

»Guten Abend! Nein, machen Sie sich keine Sorgen.

Es war nur ein Missverständnis. Wir entschuldigen uns. Ja, sie wird sofort nach Hause gelassen. Wir wissen, dass heute der Todestag ihrer Eltern ist … Natürlich, wie Sie möchten. Sie können sie auch abholen. Gut. Wiederhören.«

»Schämst du dich nicht, eine so tolle Frau so leiden zu lassen? Ist es nicht genug, was sie durchgemacht hat?«, fragte er zum ersten Mal mit einer menschlichen Stimme.

Du hast mir gerade noch gefehlt.

»Ja«, antwortete sie ehrlich.

In dieser Nacht kroch das Mädchen zu ihrer Tante ins Bett und schlief an ihre Seite gekuschelt ein. Sie träumte von Zuka. Sie selbst war immer noch ein Mädchen. Zuka hatte sich in einen Onkel mit Bierbauch und bunter Krawatte verwandelt. Sie waren stumm und taub und unterhielten sich in Zeichensprache. Das Wiedersehen war sehr herzlich. Sie saßen einander gegenüber an einem voll gedeckten Tisch, alles gab es da, was das Herz begehrt, und sie schauten geduldig den Zeichen des betrunkenen Tischherrn zu.

Zuka zerfleischte genüsslich die Hähnchenschenkel und flirtete zugleich mit der Frau neben ihm. Zwischendurch erinnerte er das Mädchen mithilfe der vom Alkohol durcheinander geratenen Handzeichen an die gemeinsame Jugend. In diesem Moment wurden am Tisch im Fingerzeichenwald die Gläser erhoben und ein Toast auf die Freundschaft ausgebracht.

Das Mädchen versuchte, Zukas Blick aufzufangen, wie damals, im Fahrstuhl. Aber er war schon aufgestanden, steckte den Daumen in den Gürtel und beschaute die Brüste seiner Tischnachbarin. Dann zeigte er mit der rechten Hand wie einstudiert Folgendes:

»Lass uns so durch das Leben ziehen, dass wir uns nie schämen, einem Freund in die Augen zu schauen!«

Das ist wie im Film, dachte das Mädchen im Traum, erhob sich vom Stuhl und wachte auf, ohne sich zu verabschieden.

Schlaf nicht ein

◆

Das Geld ist immer noch nicht auf dem Konto. Es ist sauheiß und die Europameisterschaft in vollem Gange. Wir stehen vor der Bank: große, schwarze Sonnenbrillen von Dior, punkige Frisuren und weiße T-Shirts mit riesigen Italien-Flaggen darauf.

»Was machen wir jetzt?«

»Lass uns nach Hamburg zu Wacho fahren.«

Wir haben uns Geld geliehen, aber die Fahrkarten kaufen wir trotzdem nicht, sondern fahren schwarz. Wir sind bestens darin trainiert, dem Schaffner aus dem Weg zu gehen.

Wacho wohnt in einem guten Viertel, im Dachgeschoss, in einer gemütlichen Wohnung. Im großen Zimmer hat sich sein Vater das Musikstudio eingerichtet.

Wachos Freundin Meri ist da, als wir ankommen. Nichts Ernstes. Sie ist fast noch ein Kind, ein sehr hübsches Mädchen. Sie laufen immer händchenhaltend durch die Straßen, wie die Teenies.

Die Jungs trinken Whisky. Die Flasche ist fast leer, und die beiden sind richtig gut gelaunt.

Ich will Ecstasy und versuche, sie alle drei Richtung Reeperbahn zu schleppen, als wir endlich losgekommen sind.

»Bitte, lass mal heute! Lass uns lieber in eine gemütliche Bar gehen und trinken«, versucht Wacho mich zu überreden. Die Trinkerei ist mir scheißegal. Data richtet sich nach uns, der wäre auch dabei. Meri hat von nichts eine Ahnung. Sie ist erst seit Kurzem in Deutschland und denkt wahrscheinlich, dass Ecstasy ein Zaubertrank aus einem Märchenbuch ist. Oder was weiß ich. Sie schaut uns einfach irritiert an. Ich gewinne, also gehen wir los.

Auf der Reeperbahn ist wie immer die Hölle los: Klubs, Bars, Bordelle, Nutten, Dealer, Betrunkene, alles übertönende Musik, Lärm, Schimpferei, Lachen, Gebrüll. Touristen.

Es ist schon spät, ich gehe schnell. Meine Handflächen sind vor Aufregung feucht.

»Kommt schon, jetzt beeilt euch mal!«

Sie spazieren hinter mir her mit glücklichen Gesichtern. Die Jungs sind betrunken und singen ein georgisches Lied, zwar völlig falsch, dafür aus voller Brust. Ich trage trotz der Dunkelheit die Sonnenbrille, und die Haare stehen mir zu Berge. Langsam nerven sie mich.

»Man, schneller, jetzt macht doch mal!«

Aus entgegengesetzter Richtung läuft eine große

Gruppe von Jugendlichen auf uns zu. Zwölf bis fünfzehn Leute, jung, vielleicht zwischen sechzehn und achtzehn. Vom Balkan und ganz sicher im Vollrausch. Bei unserem Anblick wechseln sie ein paar Worte untereinander, gehen dann aber an uns vorbei.

»Haben die was über uns gesagt?« Data fühlt sich immer gleich angegriffen.

»Nein. Komm jetzt einfach!« Ich versuche, ihn weiterzuschieben, habe mich inzwischen bei ihm untergehakt.

Sie sind fast außer Hörweite, als Data plötzlich wütend brüllt: »Ich ficke deine Mutter!«

Auf einen kurzen Tumult folgt gefährliche Stille. Ich kann es nicht fassen. Als ich mich umdrehe, sehe ich sie schon in unsere Richtung laufen. Das Laufgeräusch in dieser Stille erinnert mich an eine trabende, keuchende Herde von Büffeln.

Ein paar Sekunden später liegt Wacho auf dem Boden, und zehn Typen schlagen hemmungslos mit Fäusten, Füßen und Köpfen auf ihn ein. Data steht noch, an seinem T-Shirt zerren drei Kerle und versuchen, auch ihn auf den Boden zu werfen. Meri steht starr an der Wand und bringt kein Wort heraus. Der Schock. Ich schreie mit Leibeskraft: »Polizei! Hilfe! Helfen Sie uns! Man schlachtet uns ab!«

Ich sehe nur noch Wachos Beine, die aufgebrachten Angreifer schlagen inzwischen sogar aufeinander ein.

Plötzlich werde ich richtig high. Das nicht gekaufte und nicht geschluckte Ecstasy zeigt auf einmal seine volle Wirkung, und ich trete mit voller Wucht auf einen der Typen ein. Als er die Schläge auf dem Rücken spürt, dreht er sich mit irrem Gesichtsausdruck zu mir um. Ich schnalle sofort, dass er mich problemlos k. o. schlagen kann. Er schaut mich mit irren Augen an, und seine linke Hand ist voller Blut. Er zögert, er dreht sich weg, verschont mich, also greife ich jetzt einen anderen an und schreie mir weiter die Seele aus dem Leib. Meri gibt noch immer keinen Laut vor sich.

Endlich höre ich die Sirene. Das beste Geräusch, das ich je in meinem Leben gehört habe. Vielleicht werden wir gerettet. Die Typen stieben blitzschnell auseinander, wie die Ratten vom sinkenden Schiff rennen sie in alle Richtungen davon. Data folgt ihnen mit lautem Fluchen. Wacho steht auf, er ist blutüberströmt und sagt kurz darauf verunsichert:

»Ich wurde womöglich verwundet.«

»Womöglich verwundet« stellt sich als ein Loch im Oberschenkel heraus, aus dem das Blut herausspritzt, das habe ich so vorher noch nie irgendwo gesehen. Wachos Gesichtsfarbe wechselt blitzartig von weiß zu grau, als er an sich heruntersieht. Auch Data ist jetzt bei uns und schaut entsetzt auf Wachos Bein. Die Sirene scheint sich nicht zu nähern, sondern ist immer noch nur in der Ferne zu hören. Mir schießen tausend Gedanken durch den Kopf. Wo bleiben die so lange? Hat die überhaupt jemand für uns gerufen? Muss Wacho jetzt sterben?

Wacho setzt sich auf den Boden und schaut fassungslos auf sein Bein. »Zieh die Hose runter! Schnell!«, brülle ich verzweifelt; ich bin aufgewacht und versuche, seine Hose herunterzureißen. Data hilft mir sofort.

Es ist eine Arterie. Natürlich. Wir müssen jetzt etwas tun. Um das Blut zu stoppen, drücke ich kräftig mit beiden Händen auf die Wunde. Das Blut spritzt nicht mehr, läuft aber in Strömen durch meine Hände das Bein hinunter. Ich merke, wie abwesend Wacho ist und wie irgendetwas ihn verlässt. Data redet pausenlos auf ihn ein, ohne Punkt und Komma, macht einen riesen Wirbel.

»Schlaf nicht ein! Hörst du? Mach die Augen auf, schau mich an, du altes Haus, schau mich an! Rede mit mir! Du darfst nicht einschlafen. Der Notarzt wird jede Minute hier sein. Alles wird gut, nur nicht die Augen schließen.«

Aber Wacho sieht aus wie eine flackernde Kerze kurz vorm Erlöschen. Sein ganzer Körper wird immer schlapper, das Gesicht ist so grau. Sobald ich die Hände ein wenig lockere, spritzt das Blut wieder aus ihm heraus. Wie viel Blut hat ein Mensch eigentlich? Warum weiß man das nicht? Wieso weiß ich so etwas Wichtiges nicht? Meri sitzt auch auf dem Boden und schaut uns mit völlig gleichgültigem Blick an.

Data steht taumelnd auf und sagt lächelnd:

»Sie haben mich auch erwischt, diese Wichser.«

Ich sehe an ihm hinauf und bemerke sofort, dass sein linkes Hosenbein dunkelrot verfärbt ist. Er zieht den linken Schuh aus, darin steht Blut.

Ich will hier nicht sein.

»Wacho-rede-mit-mir-schlaf-nicht-ein-mach-die-Augen-nicht-zu-hörst-du-schau-her-Wacho-verlass-uns-nicht-der-Notarzt-ist-schon-unterwegs-sie-helfen-dir-alles-wird-gut-Meri-hörst-du-mich-du-blöde-Kuh-hilf-mir-doch-mal.«

Wie viele Liter Blut hat ein Mensch?

Ich frage den Notarzt neben mir, aber er hört mich nicht. Alles ist in blaues, aufgeregtes Licht getaucht. Körper sind über Wacho und Data und Meri gebeugt. Mit mir spricht jemand.

In einem Wagen werden Wacho und Meri platziert, in dem zweiten Data und ich. Wir werden in verschiedene Krankenhäuser gefahren. Datas vier Zentimeter lange Wunde wird mit sechs Stichen in der Notaufnahme genäht und anschließend mit einem Entwässerungsschlauch versorgt. Er lässt sich nur mit örtlicher Betäubung behandeln und verlangt, dass ich während der ganzen Behandlung neben ihm sitzen bleibe. Der Arzt hält mich anscheinend für eine Kollegin und diskutiert mit mir die Befunde. Weil ich so gelassen wirke vielleicht, fast teilnahmslos. Ich bin in meinem Leben schon einige Male gestorben, deshalb vielleicht.

Data muss für mindestens drei Tage im Krankenhaus bleiben. Über Wachos Zustand erfahren wir nichts. Die Polizei führt mich zur Befragung aus dem Behandlungszimmer in ein anderes hinein.

»Wie geht's Wacho?«, frage ich.

»Können Sie die Angreifer beschreiben?«, bekomme ich zur Antwort.

»Wird er überleben?«, beharre ich weiter.

Schließlich ruft einer von ihnen das andere Krankenhaus an und versucht, mich nach einem kurzem Telefonat zu beruhigen:

»Sein Zustand ist stabil.«

»Was heißt das? Stabil schlecht oder stabil gut?«

»Er ist stabil.«

Der Polizist lächelt mich höflich und unbeholfen an. Er ist anscheinend ein Volltrottel, es hat gar keinen Sinn, weiter mit ihm zu reden.

Wieder ins Behandlungszimmer zurückgekehrt, richte ich Data aus, dass Wachos Zustand stabil sei.

»Komm! Gehen wir!«

Ich sehe Data an, ziehe die Augenbrauen nach oben.

Im Behandlungszimmer bricht Tumult aus.

»Wo wollt ihr denn in diesem Zustand hingehen?«

Data hat etwa einen Liter Blut verloren, wurde mit sechs Stichen genäht, ein Entwässerungsschlauch und ein Glasbehälter hängen an ihm dran, damit sein Blut langsam abtropft. Ich muss zugeben, dass ich die Frage verstehen kann, aber ich lasse mir nichts anmerken.

Wir beharren auf unserer Entscheidung, also lässt man Data unzählige Papiere unterschreiben, in denen in unterschiedlichen Formulierungen steht, dass er das Krankenhaus auf eigene Gefahr und Verantwortung verlässt, und solcher Scheiß.

Draußen ist es hell.

Datas Klamotten hat die Polizei als Beweismaterial einbehalten, also trägt er einen hellgrünen Krankenhausanzug. Das sieht irgendwie schön aus. Ich habe immer noch das blutige Italien-T-Shirt und meine versiffte Jeans an.

Data hakt sich bei mir unter, denn er kann sich nur unter Qualen fortbewegen. Aus seinem Bein kommt der lange Schlauch heraus, der in einem mit Blut bereits halbgefüllten Behälter endet, den Data wie eine Vase in der Hand hält. Nach einigen Metern bricht sein Kreislauf zusammen, er muss sich setzen. Ich kann ihn unmöglich auf dem Rücken tragen, ich bin nicht stark genug. Es grenzt fast an ein Wunder, dass ich selbst noch laufen kann. Weil ich so lange nicht geschlafen habe, höre ich die Geräusche um uns herum wie im Traum. Sie sind so weit entfernt. Nur das Pumpen meines Herzens erscheint ganz nah und real, das Blut rauscht in meinen Ohren. Jetzt bloß nicht stehen bleiben.

Data sitzt immer noch und lächelt mich mit seinen blassen Lippen entschuldigend an.

»Vielleicht sollten wir zurückgehen?«, frage ich vorsichtig.

»Nein, wir gehen zu Wacho.«

Er richtet sich mit großer Mühe und meiner Hilfe wieder auf und hängt sich an meinen Hals wie ein großer rot-grüner Kranz.

Irgendwie erreichen wir den Taxistand. Der Taxifahrer will uns aber nicht einsteigen lassen. Ist auch verständlich, denn wir sehen aus, als wären wir gerade aus dem Irrenhaus ausgebrochen. Ich würde uns auch nicht mitnehmen, unter keinen Umständen.

»Du wartest immer an dieser Stelle auf deine Fahrgäste, oder?«, fragt Data ihn lächelnd. Der Fahrer wird fast noch bleicher als Data und lässt uns einsteigen. Ich werde sicher nichts schmutzig machen. Das Blut an meinen Klamotten ist längst getrocknet.

Zu Wacho werden wir problemlos durchgelassen. Sein grün-blaues Gesicht ist furchtbar angeschwollen. Nicht mal die Augen kann er richtig öffnen. Meri sitzt neben seinem Bett, sie erzählt uns das Wichtigste, aber man muss ihr alles aus der Nase ziehen. Es dauert ewig, ehe wir wissen, was Phase ist. Seine Wunde wurde mit vier Stichen genäht, und er hat eine Bluttransfusion bekommen. Aber egal. Er lebt!

»Fünfzehn, maximal zwanzig Minuten später wäre er gestorben«, erklärt uns der hereingekommene Arzt so kühl und sachlich, als ob wir auf einem Markt über den Preis von Freilandküken verhandeln.

Dann sind wir wieder allein. Ich versuche so gut es geht, mich bei Wacho zu entschuldigen.

»Ach was. Vergiss es! Es war doch nicht deine Schuld«, lächelt er mich an.

Übrigens, Data hat sich nie bei ihm entschuldigt. Vermutlich macht man das unter Jungs nicht. Keine Ahnung.

Wir sitzen beisammen und reden. Data hat wieder einen Schwächeanfall und legt sich auf das zweite, leere Bett in Wachos Zimmer. Eine Krankenschwester stürmt empört herein.

»Sie können sich nicht einfach hier hinlegen!«

Typisch deutsch, alles hat seine Ordnung! Für die Leute hier steht die Krankenhausordnung immer über dem Eid des Hippokrates. Wir sind Besucher, also dürfen wir uns nicht auf dieses Bett legen. Keine Widerrede!

»Fahrt ruhig heim. Ich bin ja in guten Händen.« Wacho lächelt jetzt Meri an.

Wir schleppen uns zum Bahnhof. Wieder fast ohne Geld. Data hat Hunger, also kratzen wir die letzten Cents zusammen und gehen zu McDonald's. Wir bestellen ein Menü und setzen uns endlich mal in Ruhe hin.

Das Hellgrün des Krankenhausanzugs sieht an Data inzwischen wirklich beschissen aus, vor allem im Neonlicht, schmeichelt seinem grauen Gesicht nicht gerade. Dagegen sehe ich mit den Blutflecken sogar ziemlich bunt und farbenfroh aus.

Als Data sich endlich in die Sitzbank gepresst hat und das Blutgefäß neben seiner Cola abstellt, bekommen wir einen heftigen Lachanfall. Alle schauen uns an. Vermutlich denken sie, dass hier irgendein bescheuerter Film gedreht wird.

Wir essen den schön verpackten Dreck von McDonald's, er schmeckt köstlich, uns ist scheißegal, was die anderen über uns denken.

Man lässt uns in den ersten Zug nicht einsteigen. Ohne Geld, ohne Fahrkarte, ohne Ausweise, in unserem Aufzug. Aus Schlafmangel zittere ich inzwischen wie verrückt, obwohl Hochsommer ist. Überall sind große Leinwände aufgestellt, und Fahnen flattern im Wind.

Auf meinem T-Shirt kann man kaum noch unterscheiden, ob es sich um die italienische oder sowjetische Flagge handelt. Data geht es miserabel. Als der nächste Zug einfährt, packe ich den aussteigenden Zugbegleiter gleich am Kragen und drohe verzweifelt, ihn entweder zu verklagen oder sogar verprügeln zu lassen, wenn er uns nicht mitfahren lässt.

Vermutlich hab ich den irren Blick von jemandem, der vor nichts zurückschreckt, denn er lässt uns tatsächlich einsteigen. Dafür müssen wir allerdings, wie im Krankenhaus, einige Papiere aus der Serie »Wenn etwas passieren sollte …« unterschreiben. Gottverfluchte Verantwortung will heutzutage keiner mehr übernehmen. Ich unterschreibe alles ohne Widerrede. Um endlich nach Hause zu fahren, würde ich nicht nur diesem pummeligen Ordnungsliebhaber mit buschiger roter Haarpracht, sondern auch dem Teufel persönlich jedes Formular unterschreiben.

Dann sind wir endlich da. Das riesige Haus. Das winzige Zimmer mit der Nummer 624. Zwölf Quadratmeter und ein großes Fenster.

Data wirft sich aufs Bett und schläft augenblicklich ein. Ich öffne das Fenster und drehe mir eine Zigarette.

Wie heißt das noch mal? Ach ja: »Hoppla, wir leben!«

Plötzlich muss ich so laut und heftig niesen, dass Data unruhig wird, und während er sich umdreht, murmelt er im Schlaf:

»Mutterficken!«

»Ja, auf Balkanisch, Bruder«, lache ich und schließe das Fenster.

Das dunkle Tuch

◆

Du hörst den Wecker. Ein paar Gehirnzellen wachen langsam auf und lassen dich das Geräusch mit mechanischer Bewegung abstellen. Sie dürfen nicht zurücksinken in den Schlaf, weil Anka gleich aufwachen und zu dir unter die Decke krabbeln wird. Dann kuschelt sich der kleine warme Körper an deinen, und die nächsten fünf Minuten gehören nur euch beiden.

Danach stehst du im Halbschlaf in der Küche, schmierst Butter auf das Brot und fasst den ersten Gedanken des Tages.

Ich muss mich umbringen.

»De, was gibst du mir heute in die Schule mit?«, hörst du die zarte Stimme aus dem Zimmer nebenan.

»Waffeln und eine Banane, in Ordnung?«, antwortest du und setzt deine Gedanken fort.

Ist es eigentlich schmerzhaft, sich aufzuhängen? Und was, wenn ich im letzten Moment Panik bekomme?

»De, du träumst schon wieder. Die Teekanne pfeift schon längst.« Das Kind steht jetzt vor dir und schaut dich besorgt an.

»Entschuldige. Ich bin noch im Halbschlaf…« Du lachst mit Mühe, dann drückst du den kleinen Körper an die Brust und beginnst, wie verrückt an ihren Haaren zu riechen.

Man sagt, vor dem Ersticken bricht das Genick, und der Tod kommt sofort… Und wenn mein Genick nicht bricht?

»Ich bin krank«, sagt der Baum und wedelt mit der Baumspitze.

»Woran merkst du das?«, interessiert sich das Moos und richtet sein Ohr Richtung Äste.

»Meine Wurzeln tun weh.«

»Vielleicht trocknen sie aus? Vielleicht brauchst du Wasser?« Das Moos mustert den Baum aufmerksam von oben bis unten.

»Nein. Aber ich wünsche mir, dass ich austrockne.« Der Baum reckt und schüttelt sich, wirft die vergilbten Blätter heftig zu Boden.

»Vorsicht! Nicht, dass du mich auch noch abwirfst«, brummelt das Moos.

»Vielleicht besprüht dich der Gärtner mit weißem Zeug und heilt dich.« Irgendwo zwischen den Blättern ist die ruhige Stimme einer Raupe zu hören.

»Dieses Arzneimittel ist für euch. Es kann mich nicht heilen«, erwidert der Baum traurig.

»Dann weiß ich auch keinen Rat.« Die Stimme schleicht bereits zu einem anderen Blatt.

»Vielleicht werde ich gefällt?« Hoffnungsvoll wedelt der Baum wieder mit den Ästen.

»Er ist endgültig verrückt geworden«, denkt das Moos, verdreht die Augen und rutscht vorsichtshalber etwas weiter nach unten.

Bald kommt das Kind aus der Schule, und du liegst noch immer auf dem Bett. Die verhasste Sonne scheint hartnäckig durch die Jalousien. Du stehst schleppend auf, nimmst ein dunkles Tuch aus der Kommode und befestigst es an den schräg in die Wand geschlagenen Nägeln über dem Fenster, um das Zimmer noch besser abzudunkeln. Es ist heiß, jedes Loch ist zugestopft, damit kein Geräusch eindringt, von den Kindern, den Vögeln, den Autos, dem Leben da draußen.

Du isst kaum etwas, aber auf die Toilette musst du trotzdem häufig. Du schleichst mit hängendem Kopf zum Badezimmer. In der Badewanne steht schon wieder Wasser.

»Und was, wenn ich einfach Wasser in die Badewanne einlasse, mich hineinsetze und mir die Pulsadern aufschneide?« Das Kind ist nicht zu Hause, also darfst du es laut sagen.

»Aber nein, was soll das, sie kommt bald aus der

Schule.« Auch das sagst du laut und gehst in die Küche, um das Mittagessen vorzubereiten.

»Gott, ich hab es so satt, das Wasser zu schlucken, mit dem sie sich den Arsch abgewaschen haben«, sagt die Badewanne angeekelt und hält den Atem an.

»Komm schon. Fang nicht wieder damit an. Lass es doch einfach laufen«, nörgelt die Seife.

»Siehst du nicht, dass ich am Boden bin? Bevor man dich mit der Wasserpumpe knutschen lässt, ist von mir nur noch die Hälfte übrig. Bald bin ich ganz weg. Also nerv mich nicht.«

Als sie das Wort ›Wasserpumpe‹ hört, fängt die Badewanne noch angeekelter an zu keuchen, lässt das Wasser langsam weiterlaufen und sagt traurig verträumt:

»Ich kann so nicht weitermachen … Ich will was anderes … Ich will farbenfroh sein und hübscher aussehen … Die Leute sollen mich wahrnehmen, ich will zu sehen sein, auf Fotos und in Filmen …«

»Sie will eine Celebrity werden«, lacht die Seife gehässig, während eine unbekannte Hand sie fleißig in der behaarten Achselhöhle reibt.

»Ach! Was verstehst du denn schon … Ich will keine Celebrity werden. Ich hab nur … Wie heißt das, ich hab … die Lebenslust verloren.« Wieder hält die Badewanne den Atem an und gluckert beleidigt.

»Das ist auch eine Krankheit der Celebrities«, philosophiert die Seife, bis sie in Richtung des ebenfalls behaarten Hinterns verschwindet.

»De, ich bin fertig. Lass uns spazieren gehen.« Sie schaut dich mit dem fürsorglichen Blick an, der dich an deine Mutter erinnert. So hat sie geschaut, wenn du als Kind hohes Fieber hattest.

»Ja, lass uns rausgehen.« Du drückst sie wieder an dich und riechst an ihren Haaren und an ihrem Hals.

Sie fährt mit dem Fahrrad vor, hält ab und zu an und winkt dir lächelnd von Weitem zu, während du dich im verhassten Straßenlärm und unter der unerträglichen Sonne langsam vorwärts bewegst. Die Passanten, denen ihr begegnet, sehen glücklich aus. Du weißt nicht, warum.

»Warte an der Ampel auf mich! Geh nicht ohne mich rüber!« An deiner Stelle ruft der Autopilot und lässt dich schneller werden.

»Gehen wir Richtung Fluss, De. Dort ist es bestimmt nicht so warm.« Jetzt riecht das Kind auch an deinem Hals und lächelt dich an. Die kurzen Arme um deinen müden Körper geschlungen.

»Ja. Zum Fluss, dann los!«

Und was, wenn ich ins Wasser springe? Schwimmen kann ich nicht. Zudem wäre eine richtige Abkühlung vor dem Tod gar nicht schlecht bei der Hitze.

Menschen schauen dich an, aber das bemerkst du nicht.

»Ich kann nicht mehr weiter, ich schaffe es nicht, ich bin krank«, sagte der Fluss, und aus seinen auf die großen Steine springenden Wellen rollten die Tränen.

»Er schafft es nicht! Er kann es nicht!«, begannen die kleinen, bunten Steinchen zu lärmen und schlugen klackernd Purzelbäume.

»Ist nicht Antimoz im letzten Jahr an so einer Krankheit gestorben?«, fragte ein alter Fisch mit rauer Stimme und schlug langsam mit den abgenutzten Flossen, als wären es Flügel.

»Was hat Antimoz damit zu tun?« Der Fluss musste beinahe lachen. »Er ist doch in ein Fischernetz geraten.«

»Ja. Er wollte nicht mehr, des-we-gen …«, blubberte der Fisch langsam und tief.

Dem Fluss wurde auf einmal kalt, er zitterte.

»Ja, im Prinzip will ich auch nicht mehr«, seufzte er. »Aber wo gibt es ein passendes Fischernetz für mich?«

Am Abend sitzt ihr vor dem Fernseher und kuschelt euch aneinander. Es läuft ein Kinderfilm. Du bist in deine Gedanken vertieft und lachst nur, wenn das Kind lacht. Auf die zwischenzeitlich gestellten Fragen antwortest du im Modus eines Anrufbeantworters. Bis sie dich vorsichtig fragt: »Hörst du mir überhaupt zu, De?«

Du fühlst dich ertappt, schämst dich, verneinst die Frage ehrlich und bittest sie, zu wiederholen, was sie vorher gesagt hat. Aber sie schaut dich nur an mit den Worten: »Das macht nichts, De.« Dein kleines Mädchen. Dann umarmt sie dich, klopft ihre Kinderhände auf deinen Rücken und greift in deine Haare.

Draußen werden Feuerwerkskörper in die Luft geschossen.

Das Kind drückt sein begeistertes Gesicht an die Fensterscheibe. »Darf ich nach draußen? Von dort sieht man es besser.«

Das Knallen erinnert dich an deine eigene Kindheit und an die bewaffneten Menschen auf den Straßen.

»Ja, geh nur …« Du lächelst sie an und küsst die Lider ihrer leuchtenden Augen.

Das Knallen der Tür.

Wenn ich nur eine Pistole auftreiben könnte, denkst du.

»Ich ersticke in dieser Hitze und Enge«, seufzte die eingefallene Gewehrkugel.

»Man, fang nicht wieder mit deinem Gejammer an. Du fickst uns noch das ganze Gehirn weg!«, hörte sie die vertraute Stimme von unten.

»Was sollen *wir* denn sagen? Die ganze Zeit aneinandergepresst … Du sitzt zumindest allein dort oben!« Aus einer ebenfalls vertrauten Stimme sprach der Neid.

»Huch, ihr solltet erst mal die Hitze beim Abfeuern spüren.« Mit einem geheimnisvollen Flüstern mischte sich die dritte Kugel in das Gespräch ein.

»Du sagst es so, als ob du schon hundertmal abgefeuert wurdest«, erwiderte jemand aus der Reihe ganz unten und erntete das Gekicher der anderen.

»Ich wünsche mir, bald abgefeuert zu werden«, sagte die abgemagerte erste Kugel leise, aber bei diesem Lärm hörte ihr niemand zu.

»Haltet das Maul und lasst mich weiterschlafen, sonst feuere ich euch tatsächlich ab!« Der Abzug ließ seinem Ärger freien Lauf.

»Ich bin krank, ich kann nicht mehr«, durchdrang es die Stille von oben.

»Schlaf jetzt. Es ist schon spät«, sagst du und bereitest dich auf die nächste endlose Nacht vor. Du suchst in der Schublade nach dem Medikament.

»De, darf ich dich was fragen?«, hörst du plötzlich von hinten, die dünnen Arme umschlingen dich und dein rasendes Herz.

»Wie bist du so leise an mich herangeschlichen, du kleiner Rabauke?« Du sammelst all deine Kraft, um den

Schrei, der dich erstickt, nicht rauszubrüllen. Es gelingt dir sogar zu lächeln.

»Ich bin ein Ninja.« Sie kichert in dein Ohr.

»Gut, aber wieso läuft ein frisch gebadeter Ninja barfuß über den kalten Fußboden?«, fragst du und willst dir die Arme aufritzen, um den Schmerz in deinem Inneren irgendwie zu dämpfen.

»Ich bin über die Wände gelaufen.« Sie kichert noch immer, und ihr Atem kitzelt an deinem Hals.

»Ist gut. Was wolltest du denn fragen?« Du küsst die Beule auf ihrem Ellbogen und bist sogar damit einverstanden, dir das Bein zu verbrühen, um noch ein paar Minuten ruhig weiterreden zu können.

»Du wirst mich doch nicht anlügen?« Jetzt krabbelt sie auf deinen Schoß und schaut dich mit einem so offenen Blick an, dass du dir wünschst, gleichzeitig zu erblinden, für immer zu verstummen und dein Gehör zu verlieren.

»Ich würde dich niemals anlügen«, sagt jemand an deiner Stelle und streichelt dem Kind über die zerzausten Haare.

»Diese Medikamente, die du nimmst … Da steht doch …« Jetzt wendet sie ihr Gesicht ab, und, fest an deine Brust gedrückt, vereint sich ihr zunehmendes Herzklopfen mit deinem.

Und du hängst dich an den Baum, schneidest dir die

Pulsadern auf, springst in den Fluss, schießt dir in die Schläfe, um der nächsten Frage irgendwie auszuweichen.

»Was sind Depressionen, De?« Das Kind schaut dich an mit den Augen der Mutter, des Vaters, des besten Freundes, des Geliebten, der Tochter, Gottes und wartet auf die Antwort. Und du spürst sogar mit der Gebärmutter, dass Gott schreckliche Angst hat, dich zu verlieren.

»De, du gibst mir doch auch morgen Waffeln und Bananen für die Schule mit, oder? Und Übermorgen … Und immer …?«

»Und immer«, widerholst du für dich, und du weißt, dass du das dunkle Tuch ab morgen nicht mehr an den schräg angebrachten Nagel hängen wirst.

Ein Keller

◆

Es war mitten in der Nacht, als Mutter mich aufweckte. Ich sah sogar in der Dunkelheit, wie sehr ihre bleichen Lippen zitterten. »Sind sie hier?«, fragte ich sie flüsternd und trocknete mir die schwitzenden Hände an der Decke ab.

»Ich weiß es nicht, mein Kleiner, aber aus dem Nebenhaus kommen Geräusche.«

Ihre Stimme zitterte, ähnlich den Lippen und der Hand, mit der sie die unter dem Bett verstaute, immer gepackte Tasche hervornahm. »Mach du dich rasch fertig, bevor ich sie wecke.«

Ich zog mir die Hose an und griff nach meiner Jacke. Ich hörte, wie meine Schwester in ihrem Bett quengelte und Mama sie leise anflehte: »Sei still, mein Kätzchen, sei still.«

Wenige Minuten später stiegen wir schon die fragile, knarzende Treppe, der einige Stufen fehlten, hinunter in den Keller. Mama drückte meine Schwester an sich, ich schleppte die Tasche und versuchte, mit der schwach glimmenden Öllampe den Weg vor den beiden zu erhellen. Im Keller roch es modrig, und überall hingen Spinnennetze. Wir versteckten uns in unserer Ecke hinter der alten Kommode. Wir bedeckten uns mit einem halb verfaulten, stinkenden Sack, machten die Lampe aus und verstummten.

»Komm, lass uns hier rein«, brüllte er mir aufgeregt ins Ohr und gab mir einen so heftigen Hieb in die Seite, dass ich das Maschinengewehr beinahe fallen ließ.

»Bist du nicht ganz dicht? Wir wurden nicht deswegen hier postiert.«

»Du machst wohl Witze… Jeder Bewaffnete ist entweder auf der Flucht oder tot. Wie lange sollen wir noch wie Idioten hier rumstehen? Vielleicht finden wir was, irgendwas Wertvolles.«

Ohne meine Antwort abzuwarten, hängte er sich das Maschinengewehr über die Schulter, duckte sich und lief dicht am Zaun entlang in Richtung des dunklen Hauses. Was hätte ich denn machen sollen? Wir hatten Hunger, ich auch, also nahm ich mein Gewehr unter den Arm und folgte ihm.

Im Haus war es warm. Es war offensichtlich, dass hier noch jemand lebte. Mit blinder Handbewegung fand ich eine auf dem Tisch stehende Kerze.

»Fick dich, du Drecksau!«, hörte ich ihn gereizt aus dem Nebenzimmer fluchen. Ich ging mit der Kerze hinein. Er schnüffelte mit einem ekelerfüllten Gesichtsausdruck an seiner Hand.

»Was ist?«

»Das Bett ist noch warm. Irgendein Wichser hat reingepisst. Ich werde ihn finden und in seiner eigenen Pisse ertränken, darauf kannst du Gift nehmen.«

»Ach komm, scheiß drauf. Es wird ein Kind gewesen sein. Komm, lass uns einfach was zu Essen suchen und dann abhauen.«

»Ist jetzt etwa die Pisse eines Kindes ein Leckerli, oder wieso soll ich drauf scheißen?«, fragte er wütend und wischte sich die Hand angewidert an der bunten Kinderdecke ab, die auf dem Bett lag.

Ich ließ ihn ohne Antwort zurück, ging in die Küche, um etwas Essbares zu suchen.

Direkt über unseren Köpfen waren Schritte zu hören, darauf folgten das Klappern von Töpfen und das Quietschen der Scharniere der Schranktüren, die geöffnet und geschlossen wurden. Mama bedeckte die Ohren meiner schlafenden Schwester mit ihren Händen. Ein Schauer lief mir über die Haut, und ich spürte meine volle Blase.

»Mam, ich muss ganz dringend«, sagte ich fast lautlos.

»Mach gleich hier.« Auch sie antwortete mir stimmlos.

Ich schloss die Augen, mein Po und die Beine wurden warm, es war angenehm. Ich wollte die Augen gar nicht mehr öffnen. Es kam mir vor, als ob ich im Bett läge, Mama das Geschirr wüsche und als ob Vater im Zimmer auf und ab ginge. Aber der Durst ließ mich nicht einschlafen, ich glaube, auch die Angst hielt mich davon ab. Außerdem wurde mir kalt. Die eben noch warmen Beine und mein Po froren jetzt umso stärker und schliefen vor Unbeweglichkeit ein. Mein Hals war ausgetrocknet und tat weh.

»Mam, du hast doch die Wasserflasche eingepackt, oder?«

»Ja, nimm sie aber vorsichtig heraus, mach leise.«

Ich hob die Flasche langsam und fast geräuschlos aus der Tasche und trank. Der Sack, unter dem wir uns versteckten, stank. Vater hat ihn uns wie einen kostbaren Schatz hinterlassen. Das war, bevor sie ihn abgeholt haben. »Falls sie mit Hunden kommen, werden sie keine Fährte von euch aufnehmen können«, hatte er gesagt. Kurz darauf war er weg.

In der Tasche lag auch Brot, aber wir hatten keinen Hunger.

»Dieses verfluchte Pack hat alles versteckt.« Er tobte immer noch und klimperte mit dem leeren Geschirr auf den Regalen, während er sich umsah.

Es gab wirklich nichts zu essen, nur ein altes Brot, einige halb verfaulte Zwiebeln und zusammengeschrumpfte Kartoffeln. Mit einem scharfen Messer entfernte ich die steinharten Ränder vom Brot und begann mit geschlossenen Augen, daran zu kauen. Mein Zahnfleisch schmerzte, und meine Beine kribbelten unangenehm vor Müdigkeit. Ich setzte mich auf einen der Stühle und merkte, wie der Schlaf mich sofort mit sich riss. Ich hörte, wie er unter schimpfendem Murmeln durch die Zimmer ging und suchte. Manchmal krachte es, etwas fiel zu Boden, aber ich dämmerte weg.

»Schau, was ich gefunden habe, und du wolltest nicht mal mitkommen.« Ich hörte ein Kichern ganz nahe an meinem Ohr.

Ich riss mich zusammen, hielt die Augen mit Mühe geöffnet. Er stand im flackernden Kerzenlicht mit einem feierlichen Gesichtsausdruck und wedelte mit einem Paar fast neuer Männerstiefel durch die Luft.

»Na, schau mal einer an! Irgendwo wird auch noch ein Anzug rumliegen, nimm den doch auch gleich mit, dann hast du was zum Anziehen, falls du spontan Hochzeit feierst«, verspottete ich ihn gereizt und biss in das steinharte Brot.

Er beachtete mich gar nicht, zog seine abgenutzten Stiefel aus und hatte die neuen auch schon an. Im Zimmer breitete sich ein saurer Geruch aus. Ich schmeckte das Blut trotz des Brotes. Mit einem Finger drückte ich auf das schmerzende Zahnfleisch. Die Eiterbeule platzte, sie war voller gelber, stinkender Flüssigkeit.

Erst hörte ich im Schlaf mein eigenes Aufschreien, dann das verzweifelte Flüstern meiner Mutter:

»Wach auf! Wach auf! Sei still!«

Ich konnte mich weder an meinen Traum erinnern noch daran, wann ich eingenickt war. Ich drückte mich an meine Mutter. Sie war kalt wie eine Leiche und schwitzte.

»Hab ich sehr laut geschrien, Mam? Sind sie immer noch hier? Haben sie es gehört? Vielleicht sind sie ja schon weg…« Die Worte fielen aus meinem Mund wie Eiswürfel.

»Nein, nein… Ich weiß es nicht. Hab keine Angst. Hauptsache, sie wacht nicht auf…« Mama antwortete mit einer merkwürdig tiefen, rau gewordenen Stimme.

Jemand ging mit schweren Schritten direkt über unseren Köpfen.

»Bist du etwa taub? Das war doch nicht zu überhören! Jemand hat da unten geschrien!« Vor Aufregung wurde seine Stimme höher, ähnlich einer Frauenstimme.

»Du bist doch selber taub, du Arschloch. Scheiß doch drauf. Lass uns einfach wieder abhauen.«

Aber natürlich wollte er nicht weg. Im Unterschied zu mir hatte er sich am Krieg noch nicht satt gefressen. Er entsicherte die Waffe und suchte die Räume nach dem Kellereingang ab. Was hätte ich tun sollen? Also folgte ich ihm wieder. Vor dem Eingang war der Schrank so gestellt, dass er ihn fast übersehen hätte. Durch die schmale Spalte zwischen Schrank und Tür konnte sich höchstens ein Skelett zwängen, kein echter Mensch.

»Hilf mir doch mal!« Er hatte das Maschinengewehr über die Schulter gehängt, während er erregt schnaufend den Schrank zur Seite zu schieben versuchte.

Sie kamen ganz sicher in den Keller, sie waren auf Höhe des Eingangs stehen geblieben, und wir hörten jetzt, wie der Schrank verschoben wurde. Kurze Zeit später erhellte sich der Treppenaufgang, und jemand kam mit schweren, vorsichtigen Schritten zu uns herabgestiegen. Mama legte das schlafende Kind in meinen Schoß, stand auf, umhüllte uns mit dem stinkenden Sack und sagte mir kaum hörbar ins Ohr:

»Du kommst nicht raus, bis sie weg sind! Egal, was geschieht! Hörst du mich, mein Großer?«

Dann drückte sie mit leichenkalter Hand meinen zitternden Arm, küsste mich, breitete den Sack über meinen Kopf und war verschwunden.

Eine Frau stand mitten im Keller. Eine sehr dürre, blasse Frau. Mit schwarzen Ringen unter den Augen, die sie auf den Boden gerichtet hatte. Sie stand mit leicht erhobenen Händen und wiegte sich in leisem Summen.

»Bist du allein?«

Die Frau nickte wortlos und sah uns zum ersten Mal an. Zwei unendlich tiefe, angsterfüllte Löcher taten sich in der Dunkelheit vor uns auf.

»Wenn du allein bist, dann hast wohl du ins Bett gepisst…« Er gackerte, doch auf einmal wurde seine Stimme wieder tiefer. »Zieh deine Lumpen aus, ich muss nachprüfen, ob du eine Waf…« Er verstummte mitten im Satz. Die sich wiegende und summende Frau urinierte im Stehen.

»Du verdammtes Miststück!« Erst hörte ich das erboste Knurren, dann das Geräusch von reißendem Stoff.

Ich wollte mir die Ohren zuhalten, aber ich durfte meine Schwester nicht loslassen. Ich hatte Angst, dass sie aufwachen könnte von dem Gebrüll, also begann ich, sie mit geschlossenen Augen zu wiegen. Ich sang ihr sogar ein Wiegenlied, mit der stummen Bewegung meiner ausgetrockneten Lippen. Es war laut in unserem Keller, aber ich schaffte es, mich nur auf das Lied zu konzentrieren. Von dem, was der Mann draußen rief, verstand ich nichts.

Nach einem letzten Moment der Stille hörte ich rhythmisches Beben und Hecheln, ein Grunzen. Meine Mutter hörte ich nicht.

Und auf einmal roch es nach zu Hause, ich roch die Zigaretten meines Vaters. War er etwa zurückgekehrt? Ich rutschte ganz langsam zur Seite und bewegte den Sack so, dass ich vorsichtig darunter hervorsehen konnte. Auf einer Treppenstufe saß jemand, ein grimmig vor sich hin schauender, erschöpft wirkender Mann. Er hatte den Kopf in die Hände gelegt und rauchte.

»Jetzt bist du dran, los!« Das rief er mir mit seiner gewöhnlichen Stimme zu. Er machte sich die Hose zu, sein Gesicht war furchtbar rot geworden. Er schien in dem halbdunklen Keller noch fettiger und schwabbeliger zu sein als bei Tageslicht. Die Frau hatte ihre dürren Arme auf der entblößten Brust gekreuzt. Aus den leeren Augen schaute sie zu der mit den Spinnennetzen überzogenen Decke.

»Ich will nicht. Lass uns jetzt gehen. Es wird bald hell.«

Ich stand mit Mühe auf, mir war schwindlig, ich drückte die Kippe mit der Schuhsohle aus, drehte mich um und fühlte, wie mein Körper plötzlich starr wurde. Aus der Ecke ganz hinten neben der Kommode beobachteten mich angsterfüllte Augen, die unter einem alten Fetzen Stoff hervorschauten. Ich glaubte sogar, ein leises Singen wahrzunehmen.

Ich drehte mich wortlos wieder um und ging die Treppen hinauf.

»Was machen wir mit ihr?«

Ich blieb stehen, sah mich nach ihm um. Er griff nach ihren Haaren und zerrte sie nach oben.

Die Arme und die Schultern der Frau hingen unnatürlich und leblos an ihr herab.

»Lass sie in Ruhe«, warf ich ihm zu und setzte meinen Weg mit schweren Schritten Richtung Ausgang fort.

Die Stimme meiner Mutter hörte ich noch immer nicht. Nur das Knarzen der Treppe, die fremden Schritte und auf einmal, noch ehe sie weg waren, irgendein dumpfes Geräusch, als ob jemand mit einem Hammer auf einen Kartoffelsack gehauen hätte. Ich hörte einen einzigen Seufzer.

»Bist du wahnsinnig, verdammt?! Was hat sie dir getan?« Ich war am Ende, ich konnte nicht mehr. Ihre Augen standen offen, sie starrten jetzt mich an, sie schienen von bodenloser Tiefe, ich konnte nicht wegsehen. Vom Gewehrlauf tröpfelte langsam das Blut.

Gott sei Dank, sie ist nicht aufgewacht von dem Krach!

Ich wartete nicht auf die Antwort, drehte ihm, der mit schäumendem Mund und glänzenden Augen da mitten im Raum stand, den Rücken zu, und verließ den Keller.

Endlich ging auch der andere. Mit flachem, rauen Hecheln. Im Keller breitete sich ein unerträglicher Gestank aus.

»Bruder, hilf mir, den Schrank auf seinen Platz zu stellen. Nicht, dass jemand sie findet. Nicht, dass es noch Ärger gibt.« Die bebende Stimme holte mich kurz vor dem Hauseingang ein. Eitergeschmack in meinem Rachen, er drang mir bis in die Lunge. Ich hörte ihn schimpfen: »Fick dich, warum hilfst du mir nicht?« Aber er schaffte es, der Schrank stand wieder an seinem Platz, kein Spalt zwischen ihm und der Wand.

Ich hörte, wie sie wieder über uns gingen. Das Parkett knarzte noch eine Zeitlang, dann wurde die Haustür zugeknallt, leiser werdende Schritte, irgendwann war es ganz still.

Ich saß im Hof auf der verregneten, nassen Erde, mein Kopf war mit einem dreckigen, stinkenden Sack zugedeckt, und ich spürte, wie irgendwo der Morgen ohne mich hereinbrach.

KLEINANZEIGEN

KAUFE
Original unfallfreies Gleichgewicht. Bitte kein abgelaufenes oder verlorenes!

VERLOREN
Die Lust, sich mit Menschen zu unterhalten. Falls jemand sie finden sollte, bitte, sucht mich nicht.

BIETE
Zur Fortpflanzung bereite Gebärmutter. Fünf Jahre Garantie.

GEFUNDEN
Stark abgenutzte Scheinheiligkeit. Ich werde einen Monat lang auf den Besitzer warten. Falls er nicht auftaucht, werde ich sie übernehmen und weiterverwenden.

MIETGESUCH
Für den Garten Eden inklusive Äpfel und Schlange in der Hoffnung, dass die Wiederholung des Experiments erfolgreicher sein wird (Gott der Erde).

BIETE

Pflege der Angst mit völlig neuartiger Methode (d. h. ich werde sie *nicht* einsperren, *nicht* in die Ecke stellen, *nicht* anschreien und *nicht* an ihren Buchstaben zerren)!

SAMMLE

Wertlose Ideale zu Schrottpreisen. Nur Selbstabholer.

SUCHE

Unterricht in Rechenprogrammen für Eigennutz (Habsucht, Gewinnsucht); durch die Prüfung »Erfolgreich leben« bin ich ein paarmal durchgefallen. Suche einen hochqualifizierten Lehrer, der erfolgreiche Abschlussprüfung garantiert.

IMMOBILIEN

Baubeginn sofort: Fluchthaus für streunende und obdachlose Wünsche. Die Anzahl der Plätze ist begrenzt. Die Flächen werden nicht an Suizidgefährdete vergeben!

VERSCHENKE

Die neu überarbeite Ausgabe von *Doppelmoral.* Einige Seiten weisen starke Abnutzungserscheinungen auf.

VERLOREN

Den Glauben. Auch daran, dass ihn mir jemand zurückgibt.

Vielen Dank meiner Mutter, Gogutsa Guruli, und meiner Oma, Iunona Guruli, die mich mein ganzes Leben lang unterstützt, mir zur Seite gestanden und mich über alles geliebt haben; Keti Dumbadze, Dato Turashvili, Matthias Unger, Norbert Hummelt, Bärbel Brands, ohne deren Hilfe das Buch nie zustande gekommen wäre. Danke dem Team des btb-Verlags für sein Vertrauen, vor allem meiner wunderbaren Lektorin Madlen Reimer, die mir unermüdlich mit Rat und Tat zur Seite stand. Ich möchte außerdem all meinen Freunden danken, die mich durch gute und schwere Zeiten treu begleitet haben.

Inhalt